KB252827

넘어지면
다시
일어나면 된다

유창선 박사의
마지막 인생 수업

넘어지면 다시 일어나면 된다

유창선
지음

●

이 책은 유창선 박사께서 생전 준비했던 원고로 제작된 책입니다.
그가 정치평론가로서, 한 가정의 가장으로서 살아왔던
이야기와 경험들의 기록을 통해
우리들에게 전하고 싶었던 글입니다.

원고 마무리 중에 유창선 박사는
2024년 12월 22일 세상과 갑작스럽게 이별했습니다.

이후 유창선 박사와 함께 했던 몇 분의 글을 엮어
경계인으로 살아왔던
유창선 박사를 추모하는 마음을 담아 이 책을 출간합니다.

차례

4부 정치평론가에서 문화평론가로

유창선 박사를
그리며

나에게 남편은 이미
존경스러운 어른

김경숙
유창선 박사 부인

소개로 남편을 만난 것은 1991년 12월 어느 날이었다.

아직은 자기 앞가림에 고민이 많았던 25살 풋내기인 나와는 다르게 7살 많은 남편은 본격적으로 결혼할 생각을 하고 있었던 상황이었다.

적극적이었던 남편과 달리 헤어질 구실만 찾으며 만남을 이어 가던 어느 날, 심각한 표정으로 집안이 망해서 부모님을 부양해야 한다는 이야기와 함께 남편은 나에게 청혼을 하였다.

'이제까지 나라를 위하는 마음으로 살아왔고, 앞으로도 그럴 것이다. 그렇더라도 결혼을 하게 되면 아플 때 돌봐주겠다. 그리고 평생 무심하지 않겠다.'는 것이 청혼의 말이었다.

무엇 하나 유리할 것 없는 상황치고는 너무도 당당하고 솔직해서 기가 눌렸고, 투박하고 묵직했던 말에 아무런 대답도 하지 못하고 만남을 피하기만 했었다.

그러다가 나와는 다른 세계에 있는 것 같은 남편에게 호기심이 생겼고 차츰 진중했던 모습이, 당당하고 소신 있는 모습이 좋아졌다. 삶의 목표와 주관이 뚜렷한 사람이니 이 사람이라면 평생을 존경할 만하고 변치 않는 애정 관계가 가능하겠구나 하는 신뢰가 생겼다.

나는 남편이 하고자 하는 일이 전적으로 신념에 따른 옳은 일이라 생각했고, 결혼을 결심하며 남편이 자기의 일을 더 잘할 수 있도록 뒷받침해 주는 것이 나의 역할이라 생각했다.

특히 어떤 일을 선택할 때 경제적인 이유가 우선 고려사항이 되지 않도록 가장으로서의 부담을 덜어주는 일이 중요하다고 생각했다. 물론 내가 그리 생각했더라도 내 생각과는 무관하게 남편은 가장으로서의 자기 책무를 소홀히 한 적이 없다.

남편은 누구보다 성실했고 책임감이 강했으며 부지런했다.

낡고 비좁은 아파트에서 어렵게 시작한 신혼 생활은 아

무 거리낌 없이 마냥 좋기만 했었다. 남편은 학생들을 가르치느라 늦게 귀가하는 나를 매일 버스정류장서 기다리며 마중 나왔고, 코앞의 집도 늘 함께 귀가했었다. 엉터리로 싼 김밥 몇 줄을 배낭에 넣고 주말마다 여행도 가고 손잡고 어디든 같이 다니며, 꽤 알콩달콩 소꿉놀이 같은 신혼 생활을 했다.

그렇게 철없이 좋기만 한 신혼 시기를 지나 아이들이 생기면서 바쁘고 정신없는 생활이 시작되었다. 그 시기에는 정신적 체력적 한계에 예민해지고 의견 충돌이 생기기도 한다.

급하고 불같은 성정의 나와는 달리 남편은 온화하고 순한 사람이다. 그는 가족 누구에게나 문제가 생기면 잘 들어주고 논리적으로 조곤조곤 설명하여 오해가 쌓이지 않도록 했다. 역지사지하며 합리적으로 조율할 줄 아는 사람이니 어지간해서는 다툼으로까지 발전되는 경우는 거의 없다. 상처 주는 말은 하지 않았으며, 화날 때조차 자신의 품격을 지키는 사람이다. '자꾸 그러면 나랑 멀어진다'가 화났을 때 들어본 남편의 가장 심각한 표현이었다.

그만큼 자기 절제를 잘하며 가족 간의 친밀한 소통과 화목을 중요시했고 그것을 위해 평생 정성껏 가꾸고 노력했었다.

그 덕분에 아이들이 어려서부터 여행계획 등 가족 행사는 물론 친구 문제, 진로 문제, 연애 문제 등 다양한 주제로 고민이 있을 때면 언제든 대화를 요청하였고, 우리 가족은 가족회의를 하며 의견을 모으곤 했다. 연말 연초의 소회는 물론 여행지에서도 마무리 한마디씩 느낀 점을 서로 이야기하는 등 거창하진 않지만 작은 이야깃거리들이 언제나 넘쳤다.

독립적으로 각자의 생활에 충실하되 어려운 점이나 고민이 있을 때면 대화를 통해 언제든지 힘이 되어 주는 존재인 가족, 그 중심에는 늘 남편이 있었다.

자상했던 남편은 귀갓길에 가족들을 위한 간식도 빼놓지 않았다.

무엇 하나 걸리는 것 없이 물 흐르듯 자연스럽고 특별할 것도 없는 일상이었다.

하지만 남편은 손으로 하는 일에는 재능이 없는 편이다. 조립하거나 고치는 일은 엄두도 내지 못하고 집안일도 의욕에 비해 어눌하다. 그렇더라도 못한다, 나 몰라라 방관한 적은 없다.

오히려 누구보다도 가사와 육아에 적극적이었다.

애초에 권위적이거나 가부장적인 것과는 거리가 멀었다.

작은 아이를 업고 박사 논문을 썼으며 큰 아이 어릴 적엔 전적으로 본인이 육아를 전담했다. 어딜 가나 늘 데리고 다녀서 동네에서도 유명했었다. 아이들이 성인이 된 후에도 딸내미들 밥도 차려주고 집안일도 같이하며 고정된 성역할에 갇히지 않고 형편껏 서로 도우며, 약자를 돌보려 했던 사람이다. 그러니 여성신문에 고정 칼럼을 쓰게 된 것도 우연은 아니다.

평탄했던 결혼생활에도 부부관계에 나름 심각했던 순간은 있었다.

IT 투자 열풍이 불던 시기에 이사조차 투기라며 반대하던 남편이 소액이지만 상의도 없이 대출을 받아 주식투자를 한 일이 있었다. 믿음과 신뢰가 컸기에, 실망한 나는 남편의 사과에도 쉽게 마음이 풀리지 않았다. 그러자 남편은 자존심 다 내려놓고 사정도 모르는 장모님을 찾아뵙고 용서를 빌며 나를 설득해 달라 간청하기까지 했다.

본인이라고 할 말이 없었던 것도 아니었을텐데 아무런 변명 없이 최선을 다해 진심으로 사과하는 남편을 보며, 과민했던 나 자신이 옹졸하게 느껴졌고 나중엔 나 또한 앞만 보고 사느라 놓치고 있는 것은 없는지 자기반성이 되었다.

실수는 누구나 할 수 있지만, 깨끗이 인정하며 어떠한 비판도 없이 상대가 받아들일 수 있을 만큼 충분히 용서를 구하는 태도는 아무나 할 수 있는 것은 아니다.

남편은 자신에게 철저한 사람이었고, 내면이 강한 용기 있는 사람이었다.

남편이 떠난 후 애달프고 괴로운 마음에 미워할 구석을

아무리 찾으려 해도 찾을 수가 없노라 했던 내 어머니의 말씀은 사실이었다.

언제나 말과 글과 행동이 일치하는 사람이었고 밖에서의 생활과 가정 안에서의 생활이 한결같은 사람이다. 소탈하며 자존심이 강한 사람이다.

나는 그 모든 것을 포함하여 남편이 그 자체로 좋았다.

2019년 느닷없이 찾아온 병마는 평온했던 삶을 송두리째 흔들었다.

뇌종양이라는 생소한 병을 진단받고 수술이 불가능할 수도 있고 그러면 돌연사할 수도 있다는 청천벽력과 같은 이야기를 들었을 땐 눈앞이 깜깜했다. 그 극심한 심적 고통은 겪어보지 않으면 모를 일이다. 죽으면 볼 수도 만질 수도 없으니 어떠한 모습으로든 살아만 있어 달라 이야기하며 참았던 눈물이 터져 버렸다.

다행히도 남편은 수술은 받게 되었지만, 이후로도 생사를 넘나드는 고비가 이어졌다.

나는 남편을 지키기 위해 전사가 되었다. 오직 살려야 하고 지켜야 한다는 마음으로 오십 평생 통틀어 나는 가장 기민했으며 집중했고 결단력 있었다.

3개월 가까이 입원한 대학병원에서 통합 간병 시스템이

있는 재활병원으로 전원한 후에도 나는 매일 병원에 갔다. 실신 증상과 삼킴장애가 있었던 남편은 복잡한 투약 과정과 경관식 튜브 식사를 하여야 해서 남들보다 시간도 오래 걸리고 세심한 도움이 필요했다.

그래서 매일 5시에 기상하는 남편의 일과에 맞춰 새벽마다 동트기 전에 병원에 도착했고, 주말이면 언제나 외출이나 외박을 나오곤 했다. 삭막한 병원 생활에 지친 심신을 달래주려 각종 장비에 휠체어까지 싣고 공원이나 동네 산책길도 가고 선릉도 자주 가고 집으로 데리고 오기도 하며 자연을 보여 주고, 일상의 맛을 느끼게 해주고 싶었다.

간병이 길어지면서 때로는 병원 근처에 가면 숨이 막히고 무거운 휠체어가 버겁기도 했지만, 남편이 있는 곳이라면 어디든 가야 했고 남편이 있어서 힘든 줄 모르고 견딜 수 있는 시간이었다.

요양차 제주로 가는 길에 고속도로 위에서 보았던 해 질 녘의 장엄한 하늘은 위압감이 느껴졌다. 단둘이 세상에서 고립된 착각이 드는 그 순간에도 조수석에 앉아 있는 남편은 더없이 든든했었다.

나는 남편과 함께라면 어떤 것도 두렵지 않았다. 그 모든 것이 함께여서 가능했다.

남편은 워낙 잘 참기도 하고 긍정적인 사람이어서 늘 괜찮다고 이야기했다.

차도가 없는 듯 느껴지고 온갖 후유증으로 힘들어할 때조차 견딜 만하고 다행이라고까지 했다. 투병이 길어지던 어느 날 흩날리는 꽃잎을 보며 스치듯 그늘졌던 남편의 얼굴이 그래서 더욱 애처로웠다.

8개월여 입원 기간 내내 좌절하지 않고 극복하려 했던 남편의 노력은 눈물겨웠고, 단 한 번도 낙담하거나 의기소침하지 않고, 감정의 출렁거림 없이 담담히 자신의 상황을 받아들이는 모습은 놀랍기까지 했다.

힘든 재활운동 시간이 끝난 후에도 틈틈이 천직인 글쓰기를 놓지 않고 고통의 한가운데에서도 희망을 이야기하며 한 땀 한 땀 써내려간 글을 책으로 출간까지 한 것은 대견하고 감동스러운 일이었다.

가족에게 짐이 되지 않으려 각고의 노력을 하는 남편을 보며 같이 힘냈고 위로받았다.

'여보가 힘을 내니 간호하는 우리는 하나도 힘들지 않아'라고 이야기한 것은 결코 빈말이 아니었다.

그렇게 한바탕 폭풍이 지나가고 이제는 다시 평온한 일상이 계속될 줄 알았다.

아프기 전보다 더욱 왕성한 의욕으로 정열적으로 세상을

탐구하며 열심히 활동하는 남편을 보며 마음이 놓였고, 자기의 일을 덕업일치라며 감사하는 모습을 보며 같이 기뻤다.

이제 인생을 어느 정도는 아는 만큼 글도 점점 더 좋아질 것이며 더불어 따뜻한 글도 많이 쓰고 싶다 했다.

더욱 깊어진 마음으로 가족들을 대했으며, 하고 싶고 알고 싶은 것들이 많았던 만큼 늘 책 읽고 공부하며 한시도 자기 성장을 멈추지 않았다.

아이들도 자기 앞가림할 만큼 컸으니 이제는 부부가 좋은 길도 많이 걷고 여행도 더 자주 다니고 공연이나 전시회도 많이 다니자 했다.

함께 좋은 곳을 다녀오거나 공연을 볼 때면 '남편 잘 만나서 남편 덕에 이런 구경도 하고 좋지?'라며 남편은 귀여운 생색을 내곤 했다.

그간의 노력에 대한 서로의 보상인 듯 감사한 시간이었고 오래도록 누리고 싶은 충만한 시간이었다. 기대에 가득 차서 몇 달 후에 떠나기로 한 유럽 가족여행도 차근히 준비하고 있었다.

그러던 중 가벼운 감기인 줄만 알았는데 갑작스레 이별이 찾아왔다.

나는 감당하기 힘든 현실에 좌절하고 무기력해졌다. 내 삶의 의미이자 버팀목이었던 남편의 부재에 마음은 무너졌다. 엄살 부리고 투정 부렸던 일은 후회로 남아 괴롭고, 원망할 신조차 없는 나는 참담하기만 했다. 관계가 끊어진 나는 방향을 잃었다.

황망하고 절망스러워 정신을 차리기도 힘들 때 심리상담을 받던 나는 부끄럽게도 상담 선생님에게 나의 복 없음을 한탄한 적이 있다. 내 이야기를 듣던 선생님은 나에게 오히려 복이 많은 거란 말을 해 주었는데 너무 당황스러웠다. 너무나 아쉽고도 아까운 남편과 이른 이별을 한 나는 이해가 되지 않았다.

그런데 곱씹어보면 남편이 있어서 나의 인생이 풍요로웠다.

무엇보다 부족한 나를 넉넉히 품어 주며 결혼생활 내내 어떠한 정서적 결핍이나 부족함도 느끼지 않게 사랑으로 채워 준 남편이 고맙고 또 감사하다.

남편과는 32년 결혼생활 내내 따로 있었던 적이 없었다.

느긋한 저녁 향긋한 바람 부는 산책길에 기분 좋아질 때면 내가 '나는 세상에서 여보가 제일 좋아'라고 맥락도 없이 농담처럼 이야기했었다.

그 말이 진심이었음을 섬세한 남편은 알고 있었을 것이다.

하지만 결혼을 결심한 그때부터 늘 마음속 더 깊은 곳에 있는 존경의 말은 정작 전한 적이 없다. 나이 들수록 세상일

이 무섭고 걱정만 늘어 간다는 나의 하소연에 남편은 어른
은 그런 거라며 그러면서도 잘 살아가는 게 어른이라 했다.

나에게 남편은 이미 존경스러운 어른이었다.

자유민주주의자의 안타까운 죽음
고 유창선 선배를 기림

박재욱

신라대학교 교수
연세대학교 후배

제가 유창선 선배님을 처음 만난 건 대학원 시절, 사회학과 친구들과 함께 공부하던 스터디 모임에서였습니다. 당시 1980년대 말의 엄혹한 군부 독재 시절, 스터디 모임조차 조심스러울 수밖에 없었고, 가열찬 이념적·이론적 논쟁이 난무하던 때였습니다. 대부분의 선배들이 이론적 위세를 내세우며 권위를 잡기 일쑤였던 반면, 선배님은 아주 조곤조곤한 목소리로 자신의 생각과 주장을 강요하기보다는 설명하듯 이야기하셨습니다. 그의 낮은 음성과 수학 문제를 풀 듯 차근차근 이야기를 이어가는 모습은 당시 목소리만 높이던 여느 선배들과 달라 퍽이나 낯설었습니다. 과격하거나 극단적이지 않은 그의 말본새도 싫지 않았습니다. 뒷날 그의 글들을 읽을 때마다 느꼈던 낮은 톤과 평정심은 그의 타고난 성정에서 비롯된 것이라 여겨집니다.

그는 집단 소속을 싫어했던 탓인지 스터디 모임에 계속 어울리지는 않았고, 그 후 꽤 오랜 세월이 흐른 뒤에야 TV 대담이나 유튜브 프로그램, 그리고 페이스북에서 그를 다시 만났습니다. 작고하기 직전 부산에 가족 여행을 온다는 소식을 듣고 잠시 차라도 한잔하려 연락했지만, 아쉽게도 참담한 비보를 먼저 접하게 되었습니다. 마치 윤석열 전 대통령의 어이없는 쿠데타 소식처럼 페이크 뉴스가 아닌가 싶을 정도로 믿기지 않았습니다. 그의 죽음을 접한 뒤, 그가 생전에 남겼던 글들을 하나하나 찾아 읽으며 평소 그의 성품대로 홍분과 분노를 억제하면서도 단호한 결기가 느껴지는 글들에 마음이 저렸습니다. 과거 독재 시절 우리가 겪었던 트라우마를 그 역시 공유하고 있음을 보며 동시대를 함께 살았다는 동지애를 느끼기도 했습니다.

이 책은 단순한 회고록이 아닙니다. 이 책은 한 자유민주주의자가 이념과 정치의 부질없음을 깨닫고, 오직 인간의 삶과 사랑을 향해 나아갔던 위대한 여정의 기록입니다. 유창선 선배님은 인생의 상당 부분을 정치평론가로 살았지만, 2019년 뇌종양 수술을 기점으로 인생의 큰 전환점을 맞이했습니다. 그는 "온몸에 폭탄을 맞은 듯" 만신창이가 된 몸으로 8개월간의 투병과 재활의 터널을 지나야 했습니다. 생사의 기로에 섰던 그 시간은 그에게 새로운 삶의 깨달음을 안겨주었습니다.

첫째, 그는 가족의 소중함을 재발견했습니다. 수술을 앞둔 남편을 살리기 위해 고생을 마다하지 않았던 아내, 아빠의 위험한 수술 소식에 눈물을 쏟았던 두 딸. 병상에서 다시 일어나 집으로 돌아가고 싶다는 간절한 마음은 가족을 향한 사랑에서 비롯되었습니다. 토마스 만의 말처럼 "이성이 아니라, 사랑만이 죽음보다 강하다"는 것을 그는 온몸으로 체험했습니다.

둘째, 그는 일상의 작은 것들에 대한 감사함을 느끼게 되었습니다. 걷는 것조차 힘들었던 몸을 이끌고 재활에 매진한 결과, 제주 올레길을 걷고 마라톤 대회에 참가하며 '걷는 것의 고마움과 행복함'을 알게 되었습니다. 그는 "가다가 엎어지면 다시 일어나 계속 가면 된다"고 말하며, 인생의 시련을 긍정적인 태도로 극복했습니다.

셋째, 그는 자신의 행복을 중요하게 여기게 되었습니다.

젊은 시절 시대의 대의를 위해 개인의 삶을 포기했던 그는, 투병 이후 "나"라는 존재에 집중하게 되었습니다. 그는 더 이상 무엇이 되려고 기를 쓰는 대신, 자신이 좋아하는 일들을 미루지 않고 실행하며 삶의 만족도를 높였습니다. 이는 정치에 대한 감정 소모를 멈추고, 자신에게 소중한 가족에게 정성을 쏟아야 한다는 깨달음으로 이어졌습니다.

투병 이후 그의 삶은 완전히 바뀌었습니다. 그는 평생 해오던 방송 활동에서 은퇴했지만, 글쓰기라는 새로운 길을 열었습니다. 글쓰기를 좋아했던 그는 9개 언론매체에 고정 칼럼을 연재하는 '전업 칼럼니스트'가 되었고, 특히 60이 넘어 늦깎이로 시작한 문화예술에 대한 관심은 그를 '문화평론가'로 변신시켰으며, 덕업일치의 기쁨을 누리게 했습니다.

이 책은 유창선 선배님에게는 "끝난 줄 알았는데 끝나지 않은" 새로운 삶의 시작이라는 의미를 품게 합니다. 그는 "절박한 사람만이 원하던 삶을 살게 된다"고 말하며, 나이에 상관없이 꿈을 꾸고 노력해야 한다고 강조합니다. 그의 삶은 우리에게 "인간은 생각보다 강하다"는 것을, 그리고 자신의 변화와 발전을 멈추지 않는 것이야말로 진정한 삶의 의미라는 것을 깨닫게 해줍니다.

이 책을 읽는 모든 독자들은 유창선 선배님의 삶을 통해 자신의 길을 다시 돌아볼 수 있는 용기와 위안을 얻을 것입니다. 그는 진영 논리에 갇히지 않는 소신을 지켰고, 인생의 큰 시련을 긍정적인 태도로 극복했으며, 무엇보다 사람과 사랑의 가치를 가장 소중히 여겼던 진정한 자유인이었습니다. 다음 생에서는 고인과의 이승에서 못다 한 인연을 이어보고 싶다는 소망을 전하며, 그의 명복을 진심으로 빕니다.

정치의 품격을 지키려 한
유창선 박사를 기억한다

송문희

한국청렴운동본부 감사
전 고려대 연구교수

정치는 사람의 마음을 다루는 일이고, 그 마음을 다루는 언어에는 품위가 있어야 한다. 우리는 그 사실을, 조용하게 그러나 끝까지 보여준 한 사람을 잃었다. 2024년 12월 22일, 유창선 박사가 세상을 떠났다. 64년의 삶, 30여 년의 공적 언어. 그의 부재는 한 명의 평론가를 잃은 사건을 넘어, 한국 정치담론이 버텨 온 마지막 균형추 하나가 사라진 일에 가깝다. 나는 오늘, 동료 평론가의 한 사람으로서 그 이름을 다시 부른다. 그리고 나 자신에게도 다짐하듯, 유창선이라는 사람을 기록해 두려 한다.

시끄러운 시대에
조용히 말하던 사람

그는 목소리를 높이지 않았다. 대신 문장을 세웠다. 감정을
부추기지 않았다. 대신 감정을 다스리는 법을 요청했다. "정
치는 미움의 기술이 아니다"라는 문장으로 요약되는 그의
사유는, 어느 진영의 확성기가 되길 거부한 채 상식 있는 '시
민의 기준'으로 돌아가려는 끈질긴 시도였다. 그 시도는 때로
손해였고, 때로는 오해였다. 한국 정치의 언어는 여전히 전쟁
을 닮아 있다. 승리와 패배, 적과 동지, 함성과 침묵. 그가 택
한 길은 그 모든 양극의 유혹 앞에서, 느리고 불편한 사유의
길이었다. 그러나 민주주의는 본래 느리고 불편한 제도다. 유
창선은 그 느림의 품위를 지키는 데 자신의 언어를 사용했다.

"증오정치"와 "팬덤정치"에 맞선
일관성

그가 남긴 수많은 칼럼과 인터뷰의 중심에는 세 단어가 놓
여 있다. 증오, 팬덤, 책임.
　그는 말했다. 증오가 정치의 에너지가 되는 순간 제도는

보복의 도구로 바뀌고, 팬덤이 정치를 압도하는 순간 시민은 소비자로 전락한다고. 그러므로 정치의 기본 단위는 '우리 편'이 아니라 '우리의 규칙'이어야 한다고.

2024년 총선을 앞두고 그는 "과거에 갇힌 정치보다 미래를 위한 정치"를 요청했다. 총선 직후에는 "민심은 심판을 택했지만 복수혈전을 원치 않는다"고 진단했다. 2022년 이후 계속된 팬덤 정치의 과열 국면에서도, 그는 지도자와 지지자 사이의 '충성'이라는 감정언어가 어떻게 토론과 견제를 마비시키는지 정확히 짚어냈다. 그때마다 그가 겨냥한 대상은 특정 정당이 아니라 행태와 구조였다. 진영을 가리지 않고, 과열된 확신에 제동을 걸었다.

그 일관성은 지금 우리에게 더 절실하다. 정치가 속도와 분노에 중독되어 갈수록, 민주주의는 느림과 절제로 숨을 쉰다. 그의 평론은 그 숨구멍이었다.

병고 이후,
언어는 더 단단해졌다

2019년, 그는 큰 수술을 치렀다. 그리고 회복기 인터뷰에서 이렇게 말했다.

"내 주치의는 나라는 생각을 해야 합니다."

병의 이름보다 중요한 것은 태도의 이름이었다. 내 삶을 남에게 맡기지 않겠다는 결의, 내 언어의 주권을 지키겠다는 다짐.

그 이후 그의 칼럼은 더 간결해졌고, 더 엄격해졌다. 감정의 과잉을 꾸짖되 감정을 부정하지 않는, 인간의 무게가 실렸다. 그는 분노를 인정했다. 그러나 분노가 오래 머무르면 증오가 되고, 증오가 체질이 되면 폭력이 된다는 사실을 더 자주, 더 분명히 경고했다.

나는 그 대목에서 그의 사적인 시간과 공적인 언어가 만났다고 느낀다. 자기 돌봄을 통해 발견한 절제가 공론장의 태도로 확장된 것이다. 자기 관리의 윤리가 시민적 품위로 번역될 수 있음을, 그는 자신의 몸으로 증명했다.

"당신은 어느 편이냐"는 질문을 견디는 법

우리 사회는 평론가에게 한 가지를 강요한다. 중도·합리·상식의 언어를 선택하는 평론가에게 한국의 공론장은 때때로 잔인하다. "회색분자", "박쥐"라는 낙인이 쉽게 붙는다.

"그래도 어느 편과 더 가깝습니까?"- 이 질문은 정보를 묻지 않는다. 충성을 요구한다.

"명확히 편을 들어라." 그 말속에는 공론장을 진영의 경기장으로 보는 시선이 숨어 있다.

평론가를 선수로, 방송을 링으로, 시민을 관중으로 삼는 발상.

나는 이 글을 쓰며 수많은 방송 스튜디오의 공기를 떠올린다. 뜨거운 조명 아래, 짧은 시간에 복잡한 맥락을 압축해야 하는 순간들. 자극적인 멘트를 요구하는 분위기, 표정 하나, 단어 하나가 진영의 오해와 공격으로 이어지던 날들.

한국에서 중도는 무색이 아니다. 중도를 선택한다는 것은 어느 편도 갖지 않는다는 뜻이 아니다. 어떤 때에도 진실과 품위를 저버리지 않겠다는 약속이다. 그 약속은 화려하지 않다. 때로는 고독하고, 때로는 오해받는다. 그러나 민주주의는 언제나 그 고독 위에 세워져 왔다.

한국사회에서 합리적 중도평론가로 살아간다는 것은 누구의 울타리도 없이 양 진영에서 날아오는 화살을 맨몸으로 맞아야 하는 가장 위험한 전장에 서 있는 것과 같다.

그러나 중도가 없으면 균형도 없다. 균형이 없으면 민주주의는 방향을 잃는다.

유창선은 정치평론가가 서 있는 진영의 위치가 아니라 기준을 말했다.

공공성, 헌정질서, 사실성, 시민의 삶 - 그 기준이 옳다면 여야를 가리지 않고 지지·비판을 할 수 있어야 한다고. 그래서 그의 문장은 늘 '사람'보다 '원칙'에 가까웠다. 어떤 날엔 야당이, 또 어떤 날엔 여당이 서운해했을 것이다. 그러나 바로 그 외로움이 공론장의 양심을 지켜 왔다. 생전의 유창선 박사는 내게 조용히 말하곤 했다. 힘들지만 고독한 그 길을 함께 가는 우리가 바로 '동지'라고.

말은 칼이 아니라
다리여야 한다

나는 그를 떠올리면 한 문장이 함께 떠오른다. "말은 칼이 아니라 다리여야 한다."

그의 직업은 말로 평가받는 일이었지만, 그의 목적은 말로 싸우는 일이 아니었다. 서로 다른 견해를 잇고, 오해와 오만 사이에 건널목을 놓는 일. 평론은 원래 그렇게 시작되었을 것이다. 그러나 어느 순간부터 평론은 '내 편을 더 세게 이겨주는 말'과 '상대를 더 깊이 상처내는 말' 사이에서 시장을 얻었다.

유창선은 그 시장을 거절했다. 대신 그는 공적 언어의 예의를 지켰다. 조롱과 과장을 거부했고, 단정 대신 맥락을 설명했다. 대중은 종종 그 느림을 답답해했다. 하지만 생각해보면, 그 느림 덕분에 많은 밤이 지나갔다. 격앙된 스튜디오의 온도가 내려가고, 댓글의 모욕이 잠시 멈추었다. 느림은 약함이 아니라 힘이다. 그는 그걸 설득으로 보여주었다.

개인의 부채, 동료의 다짐

나는 종종 스스로에게 묻는다. "말로 밥을 먹는 사람이 말의 무게를 잊지는 않았는가."

조급한 방송, 자극적인 헤드라인, 바이럴의 유혹 앞에서 우리는 얼마나 자주 '간단한 정답'의 유혹에 굴복했던가. 유창선은 내게 부끄럽지 않은 평론을 지속할 수 있는 용기를 보여줬다. 긴 맥락을 설명할 시간, 복잡한 구조를 해설할 인내, 그리고 무엇보다 즉각적인 박수보다 늦게 오는 신뢰를 선택하는 태도.

민주주의의 성숙은 결국 패배를 견디는 태도에서 드러난다. 그의 문장에는 이 '견딤'이 있었다. 승리의 취기를 경계하는 절제, 패배의 분노를 절단하는 사려, 그리고 무엇보다 상대를 악마화하지 않는 품위. 그는 "정치는 전쟁이 아니라 공존의 기술"임을 설득하려 애썼다. 그 애씀은 이겨야만 존재이유가 확인되는 정치문화에서, 가장 어려운 길이자 가장 필요한 길이었다.

그는 떠났지만, 그 태도는 남았다. 동료로서의 나의 다짐도 분명하다. 더 천천히, 더 절제해서, 더 많은 맥락을 설명하겠다. '누구 편'이냐는 질문에 '무엇이 옳으냐'로 대답하겠다. 말이 칼이 되려는 순간, 칼집이 되어보겠다. 다리가 필요할 때, 먼저 발을 내딛겠다.

오늘 우리에게 남긴
과제들

그가 남긴 공적 유산은 화려한 명언집이 아니다. 실천 가능한 기준들이다.

- 증오를 소비하지 않는 시민

정치가 감정에 기생할 때, 시민은 미디어 알고리즘의 먹이가 된다. 증오를 덜 클릭하고, 설명을 더 길게 읽자. '우리가 분노할 권리는 있으나, 해칠 권리는 없다.'- 그의 메시지를 시민의 습관으로 만들 때, 정치의 속도는 자연히 늦춰진다.

– 팬덤을 넘어 제도로

지도자를 지키려는 마음이 민주주의를 무너뜨릴 수 있다. 우리는 사람을 좋아할 권리가 있지만 원칙을 먼저 사랑해야 한다. 평론가든 정치인이든, '내가 옳다'보다 '이 절차가 옳다'를 말해야 한다.

– 승부보다 운영의 관점

입법은 전투가 아니라 설계다. '밀어붙이기'의 달콤함 뒤에는 '되갚아주기'의 악순환이 있다. 그의 경고대로, 제도는 복수의 칼이 아니라 함께 쓰는 규칙이다.

– 패배의 품격과 승리의 절제

민주주의는 무패의 체제가 아니다. 지는 법을 모르면 이기는 법도 모른다. 선거의 밤이 끝난 뒤, 우리는 다음 날의 문장을 준비해야 한다. 승자는 절제의 어휘를, 패자는 성찰의 어휘를. 그가 말한 '품위'는 바로 그런 낱말의 선택에서 시작된다.

시민에게 보내는
짧은 편지

우리는 시끄러운 시대를 살고 있다. 소리는 크고, 사유는 짧다. 모욕은 빨리 전염되고, 설명은 쉽게 지친다. 그럴수록 정치평론의 목적은 달라진다. 분노를 대신해주는 말이 아니라 분노를 견디게 하는 말. 순간의 승리를 주는 말이 아니라, 공동체를 유지시키는 말.

유창선은 그런 말을 골라 썼다. 그가 지키려 한 언어의 품위는, 결국 우리 모두의 품위였다. 우리는 그 품위를 다시 붙들어야 한다. 정치가 전쟁이 아닌 운영의 기술로, 팬덤이 아닌 시민의 지성으로, 복수가 아닌 책임의 규범으로 돌아오려면 시민의 귀와 입부터 바뀌어야 한다. 듣는 습관이 바뀌고, 말하는 습관이 달라질 때, 정치는 바뀔 수 있다.

우리는 종종 민주주의가 절차와 제도만으로 유지된다고 믿는다. 그러나 민주주의는 언어의 윤리와 감정의 품위 위에서 존속된다. 그 언어를 깎아내리면 제도가 흔들리고, 그 감정이 부패하면 공동체가 무너진다.

오늘날 많은 말이 속도와 감정에 사로잡혀 있다. 말이 상대를 찌르는 검이 되고, 비유가 조롱이 되며, 논평이 결투가 되는 시대다.

그러나 말의 목적은 이기는 것이 아니라 다음 날을 남기는 것이다. 말이 품위를 잃는 순간 민주주의는 체온을 잃는다.

평론가는 대리투쟁의 전사가 아니다. 평론가는 시민을 향해 책임의 언어를 건네는 사람이다.

그는 그 원칙을 외롭도록 정확하게 지켰다. 그는 말의 세계에서 오래 버텼다.

이제 우리는 그 뒤를 잇는 업무를 맡았다. 그가 남긴 언어의 빈자리에서, 그의 말처럼 조용하지만 단단한 목소리를 내야 한다.

정치평론은 전투가 아니라 공공재다. 평론가란 시민의 판단을 돕는 사람, 진영의 칼이 아니라 공공의 지성이 되어야 한다. 품위, 절제, 성찰, 시민, 책임. 정치평론이 지켜야 할 다섯 개의 단어일 것이다.

오늘 우리의 언론과 평론은 이 질문을 새겨야 한다. "우리는 지금, 누구를 대변하고 있는가?"

"우리는 사람을 설득하려 하는가, 아니면 함성에 기대려 하는가?" 그 질문에 정직하게 답할 때, 평론은 직업을 넘어 윤리가 된다.

유창선 박사는 정치평론가였지만, 그의 글에는 정치보다 인간이 먼저 있었다. 그는 권력을 비판했지만 사람을 미워하지 않았다. 그 절제는 민주주의의 마지막 태도라고 나는 믿는다.

그는 떠났지만, 그가 남긴 질문은 남아 있다. 그리고 그 질문이 남아 있는 한 우리는 길을 잃지 않을 것이다. 그의 말이 우리 안에서 다시 태어나고, 그의 품위가 시대를 건너 다시 말하게 되길 바란다.

이름을
다시 부르며

유창선 박사를 추모하는 일은 단순히 한 사람을 기리는 일이 아니다. 그가 던진 질문을 이어 쓰는 일이다.

유창선.

그 이름을 부르면, 나는 한 사람의 지식인을 떠올린다. 조용했지만 단단했고, 단호했지만 품위가 있었다. 그는 시대의 거울이었고, 동시에 시대의 참회를 이끌어낸 사람이었다.

우리는 정치가 격렬하고 빠르게 소비되는 시대를 산다. 한 문장이 하루를 흔들고, 한 장면이 진영을 쪼갠다. 민주주의가 정보의 홍수 속에 표류하고, 시민의 감정이 피로 속에 부유한다. 그 속에서 평론가는 쉽게 '자극의 기획자'가 될 수 있다.

그러나 그는 그 길을 선택하지 않았다. 그에게 평론은 '공공이라는 신념을 지키는 일'이었고, '시민의 판단을 돕는 사유의 도구'였다. 그는 시대에 휘둘리지 않고 시대를 해석하려 했다. 그는 정권을 감시했고, 팬덤을 경계했고, 권력의 취기에 찬물을 부었다. 그는 진영의 귓속에 속삭이지 않고, 광장의 공기를 맑히려 했다. 그것은 선택이 아니라 삶의 태도였다. 그리고 그 태도는 지금 이 시대가 잃어버린 가장 중요한 가치였다.

그를 기억하는 일은, 우리 각자가 스스로에게 묻는 일이다.

"나는 지금, 누구의 감정에 빌붙어 말하고 있는가?"

"나는 지금, 무엇을 지키기 위해 말하고 있는가?"

그 질문 앞에서, 평론가도, 정치인도, 시민도 똑같이 서야 한다.

그가 남긴 유산은 바로 그 질문이다.

정치가 다시 분노의 언어로 기울 때 나는 그의 조용한 문장을 떠올릴 것이다. 정치가 승리의 기술로만 해석될 때 나는 그의 절제된 눈빛을 기억할 것이다. 정치가 사람을 지치게 해도, 우리는 품위를 지켜야 한다. 그 품위가 곧 민주주의의 최후의 안전장치이기 때문이다.

정치는 미움이 아니라 공존의 기술이며, 말은 칼이 아니라 다리여야 한다.

그 다리를 더 잘 놓겠다고, 나는 약속한다. 그의 빈자리 앞에서, 시민의 이름으로.

예술은 삶과 세계를 치유하는
'복구의 프레임'입니다

김경주
현 한국경제인협회 경영자문위원
전 SK엠앤서비스 전무

우리는 흔히 예술을 취향이나 여가 활동의 일부로 여긴다. 주말에 공연장을 찾고, 전시를 보고, 힘들 때 음악을 듣는 일을 '취미'라고 부른다. 하지만 예술은 단순한 감상을 넘어, 삶을 이해하고 세계를 바라보는 방식을 바꾸는 프레임이 될 수 있다. 예술은 상처를 복구하고 흔들리는 마음을 다시 일으켜 세우며, 혼란스러운 시대를 견디게 하는 조용한 내적 언어이기 때문이다. 유창선 박사님은 이 사실을 삶 전체로 증명해 보였다.

평생 방송에서 목소리로 일해 온 분에게 언어가 무력화되는 투병의 경험은 상상하기 어려운 시련이었을 것이다. 그럼에도 박사님은 자신의 상황을 담담하게 받아들였고, 예술에서 발견한 '치유의 힘'과 '재미'를 새로운 가능성으로 바꾸어 삶의 엔진을 다시 힘차게 돌리셨다. 그리고 그 에너지를 글로 정제해 사회와 나누는 일을 기쁨으로 여기셨다.

"나는 언제 죽어도 이상할 게 없는 사람"이라던 박사님의 말은 체념이 아니라, 삶을 있는 그대로 받아들이는 용기와 태도였다.

"건강만 하면 누릴 게 참 많은 세상"이라던 말씀은 육체적으로 건강하지만 삶을 제대로 누리거나 즐기지 못하는 많은 사람들에게 깊은 울림을 주었다.

누군가 "인생의 10%는 일어나는 일이고, 나머지 90%는 그것을 받아들이는 방식"이라고 말했다. 나는 박사님을 보며 이 말의 의미를 자주 떠올렸다. 박사님은 평범함과 비범함의 경계는 태도에 있으며, 행복은 스스로 선택하는 것임을 보여 주었다.

나 역시 오랜 직장 생활 속에서 어느 순간 삶의 의미를 잃은 듯한 공허함에 빠진 적이 있다. 그때 다시 생기를 불어넣어 준 것은 예술을 향유하는 삶의 태도였다. 전시와 공연, 영화와 음악은 단순한 취향을 넘어 흐트러진 삶의 결을 바로 세우고, 더 건강한 일상을 가능하게 하는 나만의 축이 되었다. 예술은 생각의 속도를 조율하고, 나와 타인의 마음을 입체적으로 바라보게 하며, 세상과 일정한 거리를 두고 나를 복구하게 하는 도구였다. 또한 일에서도 창의적 시선을 강화해 더 나은 성과를 가능하게 해주었다.

그런 이유로 나는 박사님의 예술을 향유하는 삶과 이야기에 깊이 공감했다. 박사님의 예술적 시선을 가까이에서 지켜보고 때로 함께 누릴 수 있었던 것은 큰 행운이었다.

박사님은 작품을 즐기는 데 그치지 않고, 작품을 통해 세계의 구조와 인간의 내면을 읽어내는 분이었다. 언제나 열린 시선으로 작품을 받아들였고, 그 작품이 이 시대를 살아가는 사람들에게 어떤 의미를 건네는지를 함께 나누고자 했다. 티켓이 매진되면 밤새 취소표를 기다리는 '취켓팅'도 마다치 않을 만큼, 예술을 즐기고자 하는 순수한 열정이 컸고, 그 경험과 통찰을 더 많은 사람과 나누기 위해 공들여 글을 쓰셨다.

박사님은 예술로 자신을 회복하는 데서 멈추지 않았다.

예술을 통해 '시대'를 읽고, '타인'을 이해하며, '우리 사회'를 더 깊고 넓게 바라보았다.

특히 혐오와 불신의 언어가 일상을 잠식한 한국 사회의 갈등 구조를 매우 아파하셨다. 정치적 폭력이 개인의 일상을 파괴하고 마음의 평온을 무너뜨린다고 말씀하셨다. 그래서 더 많은 시민이 일상에서 예술을 향유해야 한다는 그의 믿음은 단순한 취향의 권유가 아니라 사회적 메시지였다.

예술은 분노의 언어 대신 사유의 언어를, 단절의 감정 대신 공존의 상상력을 제공한다. 예술은 타인의 고통을 상상하게 하고, 다른 서사를 받아들일 여지를 넓혀준다. 결국 정치와 사회는 시민의 얼굴을 닮게 마련이며, 예술을 향유하는 시민이 많아질수록 사회는 더 따뜻하고 덜 폭력적이며 더 성숙해진다. 이러한 변화는 거창한 정책에서가 아니라, 한 사람의 감각이 깨어나는 순간– 전시 한 번, 공연 한 번, 책 한 권의 경험에서 시작된다.

박사님이 우리에게 남긴 가장 중요한 유산은 예술을 바라보는 '시선'이다. 인간은 언제든 다시 시작할 수 있고, 고통은 다른 형태의 언어와 감각으로 재해석되어 내면의 균열을 봉합할 수 있음을 보여주었다.

대부분의 사람들이 정치평론과 문화예술평론을 전혀 다른 영역으로 생각한다. 그러나 내 눈에 비친 박사님의 행보는 두 영역 모두 '올바름'을 향한 하나의 시선이었다. 정치평론이 사회 시스템과 권력의 부조리를 드러내고 정의를 추구하는 외적 언어였다면, 문화예술평론은 인간의 감각을 깨우고 내적 질서를 바로 세움으로써 사회 전체의 성숙을 도모하는 깊은 성찰의 언어였다.

박사님은 투병 이후, 때로는 복잡한 정치 담론보다 더 강력한 울림을 주는 문화예술을 통해 시대의 모순을 조명했다.
분야는 달랐으나, 목적은 더 나은 사회를 만들고자 하는 하
나의 목소리였다.

이 자서전은 정의와 예술을 사랑했던 한 인간의 삶의 기
록이다.

"예술은 나에게 다시 살아볼 용기를 주었다."

박사님의 이 말처럼, 예술은 우리에게 함께 살아갈 용기
와 지혜를 주는, 성숙한 공동체의 복구 프레임이 될 것이다.

그리운 유창선 박사님

김민철

HRC 리더
현 미디어로그 인사팀장

2022년 5월 29일 인왕산 트레킹 모임에서 박사님을 처음 만나 뵙게 되었다.

선한 웃음을 가진 중년 남성분이 부부동반으로 참석하셨는데, 참 보기 좋았다. 트레킹이 시작되어 박사님과도 자연스럽게 대화를 나누게 되었다. 당시 트레킹 모임 참석자는 유 박사님 부부를 제외하고 내가 운영하는 러닝크루 HRC*Happy Running Crew 의 멤버들이었는데, 박사님과 달리기에 대한 여러

● HRC는 '달리기 예찬론자'인 나와 함께 달리고 싶어하는 지인들을 위해 만든 달리기 모임이다. '누구나 편안하고 즐겁게 달릴 수 있다'는 모토로 20대에서 60대까지 다양한 연령층의 멤버들로 구성되어 있고, 이들을 돕는 것이 내가 사회에 기여하는 것이라는 생각으로 2020년부터 지금까지 만 6년 넘게 이어오고 있다.

가지 이야기를 나눌 수 있었다.

유 박사님은 나로부터 HRC에 대한 소개를 듣자마자 특유의 어린아이와 같은 호기심을 보였다. 그리고 누구나 달릴 수 있다는 나의 권고를 듣고, 인왕산 둘레길 일부 구간 500m 정도를 우리 멤버들과 빠른 걸음보다 약간 빠른 속도로 달렸다. 마침 화창하고 멋진 5월의 봄날씨에 좋은 사람들과 (우리 HRC는 모임 분위기가 매우 좋다) 고등학교 이후 처음 달려봤다는 박사님의 행복한 표정을 잊을 수가 없다. (1세대 정치평론가로 치열하게 살아오다 뇌종양 수술 이후 생사가 오가는 위기를 넘긴 당신이 전혀 생각지도 못했던 달리기를 하던 그 순간이 얼마나 감격스러웠을까? 생각해보면 지금도 가슴이 뭉클해진다.)

그 날 바로 유 박사님은 HRC 멤버가 되었고, 아주 빠른 속도로 '달리기 예찬론자'이자 '러너'가 되었다. 소탈하고 온화한 성품의 박사님을 우리 멤버들 모두 좋아했고, 박사님 또한 우리 모임을 참 좋아하고 있다는 것을 자주 느꼈다. 가끔 사모님도 모임에 참여하셨는데 박사님이 러닝용품 쇼핑에 열을 올리고 있다는 푸념(?)을 하실 때 정말 재밌었다.

박사님은 나를 '달리기 선생님'이라고 부르며 달리기 자세와 속도, 러닝코스 등 여러가지 궁금한 것들을 묻기도 했고,

수술 이후 체력저하로 모임에 민폐가 될까 우려된다는 고민을 털어 놓으시기도 했다. 나는 성심성의껏 박사님과 달리기에 대해 이야기를 나누고, 모임에 오시면 아주 편안하고 안전하게 운동할 수 있도록 지원해 드렸다. 파워 SNS 유저이자 인플루언서인 박사님은 달리는 모습을 찍은 사진과 동영상을 보내드리면, 꼭 그날그날 러닝에 대한 소감과 함께 우리 HRC 모임 포스팅을 하였다. 박사님이 마라톤 대회에 참가하여 5km 마라톤을 처음으로 완주한 날, 메달을 걸고 기뻐하는 사진을 포스팅하여 많은 분들이 '좋아요'를 누르고, 응원하는 장면을 목격하였을 때 박사님이 HRC 멤버가 된 것에 감사했고, HRC를 잘 만들었다는 생각을 정말 많이 했다.

달리기는 분명 여러가지 좋은 효과가 있는 반면에 힘들고 고된 운동이다. 하지만, 나는 평소에 자기 몸의 컨디션과 수준에 맞게 페이스 조절만 잘 하면 누구나 할 수 있는 운동이라고 생각하였는데, 박사님이 그것을 잘 증명해 주셨다. 그리고 박사님의 행보가 많은 분들에게 희망의 메시지를 주고 긍정 에너지가 전달되는 걸 지켜보는 건 내겐 엄청난 감동이자 기쁨이었다.

박사님과 마지막으로 함께 달린 건 2024년 9월 8일 HRC

정모 여의도 '고구마코스'였다.

(여의도와 샛강을 한바퀴 도는 경로가 고구마 모양이라 러너들에게는 고구마 코스로 널리 알려져있다.)

박사님은 멤버들보다 조금 천천히 달리다 보니 멤버들 중 한 명이 같이 달리며 케어를 하는데, 그 날은 내가 박사님 러닝메이트를 맡아 같이 달렸다. 사진과 동영상을 촬영해 드리는데, 올 블랙 러닝 쇼츠와 싱글렛, 무릎보호대와 러닝화를 풀장착하고 제법 좋은 자세로 한 걸음 한 걸음 내딛는 러너 박사님의 모습이 유독 내 눈에 영화 같은 장면으로 입력되어 그날 저녁 와이프에게 그 순간의 특별한 감정을 설명하기도 했다. 그렇게 박사님은 우리 곁에서 만 2년 남짓 함께 달리다 하늘의 별이 되셨다.

갑작스럽게 박사님의 부고를 전해들은 날 부랴부랴 HRC 멤버들과 함께 빈소였던 서울대병원을 찾았다. 치열한 정치평론가로서의 삶을 살아오다 갑자기 닥쳐온 큰 어려움을 딛고 인생 후반전 예술과 문학에 깊은 조예를 가진 문화평론가이자 작가로, 단란한 가정의 가장으로 여행과 러닝을 즐기는 행복한 삶의 여정을 보내고 계셨던 박사님의 삶에 대한 열정을 너무나 잘 알기에 박사님의 영정사진을 마주하였을 때 너무나 안타깝고 목이 메어왔다.

사모님과 인사를 나누면서 사모님께서 박사님이 우리 HRC를 만나 너무 행복한 시간을 보냈다며 감사인사를 전하셨다. 우리 또한 박사님의 삶의 여정을 짧게 나마 함께 하며 박사님께 행복을 드릴 수 있어 감사하고, 많은 분들에게 선한 영향력을 전해 주셔서 고맙고 또 고맙다.

박사님께서 생전 거의 마무리 작업을 한다고 들었던 자서전을 출간한다는 소식을 들었다. 박사님과 가까이 지내면서 박사님의 어릴 적 이야기, 결혼하게 된 과정, 정치평론가로서의 삶과 문화예술에 빠지게 된 과정 등등 많은 이야기를 듣긴 했지만, 자서전 출간은 기대가 되고 너무 반가운 소식이다.

박사님은 하늘의 별이 되었지만, 아직 박사님 계정이 우리 HRC 단톡방에 남아 있다. 그동안 우리가 달리고 대화한 내용들을 다 보고 계신다고 생각하고 있다. 특별한 사정이 없는 한 단톡방을 유지할 생각인데, 그럼 영원히 우리와 함께하시는 것 아닐까?

이제 아픔 없는 곳에서 좋아하던 문화예술을 맘껏 즐기며, 멋지게 달리고 계실 박사님의 명복을 빌며 글을 마친다.

1부

질풍노도의 시대를 살았던 젊은 시절

지난 세월을
돌아본다는 것

누구에게나 자신이 살아온 세월은 영화 한 편이나 소설 한 편으로 다 담기지 않는다. 우리의 인생은 희로애락으로 점철되었고 어려운 고비들을 견디며 살아왔기 때문이다. 사람마다 이제껏 살아온 사연들은 차고 넘친다.

사람마다 다른 색깔의
인생 기억

그 인생의 기억은 사람마다 다양한 색깔이다. 어떤 사람에게는 자부심 넘치는 인생이었고, 어떤 사람에게는 한많은 인생이었다. 누구는 잘살아왔다는 말을 할 것이고, 다른 누구는 다음 생이 있다면 다시는 이렇게 살지 않겠다고 후회할지 모른다.

그래서 지난 세월 속에서 자기가 살았던 얘기를 풀어놓는 일은 여러 의미로 받아들여질 수 있다. 본받고 싶은 인생 얘기가 될 수도 있겠고, 자신을 드러내려는 닭살 돋는 얘기로 들릴 수도 있겠다. 혹은 좋은 얘기들만 나열하는 선택적 기억의 기록이 될 수도 있겠다.

지난 삶을 돌아보는 일의 위험성

자기가 살아온·세월을 돌아보고 정리하는 책을 쓴다는 것은 사실은 위험천만한 일이기도 하다. 자칫하면 '자뻑'하는 교만한 마음이 앞서거나 '나는 이렇게 살아왔는데 당신은 왜 이렇게 못하는가'를 추궁하는 불편한 얘기로 들릴 수 있기 때문이다.

만약 그렇다면 그런 회고는 공개적으로 남기지 않는 것이 낫다. 그냥 자신의 일기장에 써서 자식들에게나 물려주면 된다. 그러지 않고 굳이 자기가 살아온 것에 대한 책을 쓴다면 자신의 부끄러운 허물들까지도 담담하게 고백할 수 있는 성찰의 자세가 전제되어야 한다. 그렇지 않으면 물에 비친 자신의 모습이 너무도 아름다워서 물속으로 들어가버린 나르시스가 될 뿐이다.

자신과의 거리두기를 통한 객관화

그런데 자신의 삶을 자기 스스로가 냉정하게 성찰한다는 것이 말처럼 쉬운 일은 아니다. 자신과의 거리두기를 통해 스스로를 객관화하는 태도가 선행되어야 그런 글을 써도 될 것이다.

그러니 인생의 산전수전을 겪고 어느 정도 삶의 내공이 쌓여야 자기 자신과 거리를 두고 담담하게 얘기를 풀어갈 수 있는 것이 사실이다. 뜨거운 격정의 마음이 식고 이제는 더도 덜도 말고 사람의 체온 정도의 온기를 가진 사람이 될 때 그것이 가능해진다. 사람은 너무 차가워도, 뜨거워도 문제인 존재이다.

다른 사람의 삶은
자신의 거울

그런데 다른 사람이 살아온 얘기를 읽는 것은 어떤 의미가 있을까. 다른 사람의 삶은 자신의 반면교사 혹은 거울이 되기도 한다. 우리는 다른 사람을 지켜보면서 '나도 저렇게 살아야지' 하는 희망을 얻기도 하고, '저렇게 살면 안 되겠구나' 하는 안타까움을 느끼기도 한다. 나는 아주 오래 전의 얘기부터 해나갈 것이다. 하지만 중요한 것은 그때의 생각이 아니라, 그랬던 생각이 지금까지 어떻게 변해왔는가를 읽어내는 일이다. 그래야 굳이 다른 사람이 살아왔고, 살아가고 있는 얘기들을 읽는 의미가 있을 것이다.

사람의 생각은
변화한다

이 책은 내가 조숙하게 혹은 성급하게 '정치적 인간'이 되었
던 얘기부터 시작된다. 그래서 노파심에 독자들께 미리 당부
해 두고 싶다. 내 삶 전체에서 일부인 그 얘기만 접하고서는
혹여 흔해 빠진 '정치 고관여층'이라 속단하고 책을 덮어버리
는 일은 없었으면 좋겠다. 그건 오해이기 때문이다.

내게 정치란
무엇이었던가

물론 나는 평생 중 가장 오랜 시간을 정치에 관여하거나 정

치 얘기를 하면서 살았다. 정치권에 몸담고 정치활동을 했던 젊은 시절도 있었고, 인생에서 가장 오랜 기간 정치평론을 하면서 살았기 때문이다. 그래서 사람들은 내 이름을 들으면 '정치평론가'로 기억하는 경우가 많다. 오래전에 TV 시사프로그램을 시청했던 사람들이라면 나를 그렇게 기억한다.

하지만 지금 나는 전혀 다른 곳에 서서 전혀 다른 생각을 하면서 살아가고 있다. 이 책에서 그 얘기들도 하나씩 해 나가겠지만, 이제는 정치와 거리두기를 하고 정치 때문에 분노하지도 기뻐하지도 않는 삶을 살아가고 있다. 정치란 정치인들의 일이고, 누가 이기고 지든, 막상 내 삶과는 별 상관이 없더라는 생각을 가진지 오래다.

내 나이가 이제 60 하고도 중반에 들어섰다. 인생이 긴 것도 같았는데, 어느 사이에 이렇게 나이를 훌쩍 먹은 것을 보면 참으로 짧은 것이 인생이라는 생각이 든다. 이제 남아 있는 내 인생을 정치 때문에 감정의 에너지를 소모하기에는 너무 아깝고, 그 시간과 에너지를 갖고 대신 할 다른 일들이 너무 많다.

사람의 생각은
세월과 함께 바뀐다

흔히 '사람은 바뀌지 않는다'는 말들을 많이 한다. 이는 어떤 경우는 사실이지만, 정반대일 경우도 많다. 나는 오히려 사람의 생각은 살면서 계속 변화해 간다는 것에 방점을 찍는 편이다. 이는 경험에서 나오는 얘기이고 나부터가 그러하다. 청소년 시절, 대학 시절, 가정을 이루고 난 이후, 장년이 된 이후, 나이가 들어가면서 시절마다 생각과 가치관이 많이 달라졌다. 좀 더 거창하게 말한다면 사람은 세월이 지나면서 인생관이 달라진다고 할 수 있다.

여기서 말하는 세월은 단순히 시간의 흐름을 의미하지 않는다. 세월 속에서 우리가 경험하고 겪었던 많은 일들이 차곡차곡 쌓여왔음을 말하는 것이다. 20대 때 가졌던 생각을 노년의 나이까지 그대로 갖고 가는 것은 변하지 않는 화석 같은 삶이다. 그것을 일관된 신념이라고 자찬할 일은 아니다. 나이가 들었으면 그에 맞게 생각이 변화해 가는 것이 정상적인 인간의 성장 과정이기도 하다. 시대의 변화 속에서 자기가 사는 삶의 환경도 달라지고, 자신이 살면서 실제 겪은 인생 경험들이 쌓이면서 인생철학은 계속 변화해 간다.

나이가 들면 생각이
보수화된다

사람은 나이가 들면 보수화되는 속성이 있다. 생각 자체가 급격한 변화보다는 점진적인 변화를 선호하는 쪽으로 변한다. 세상을 바꾸겠다는 열정은 식어가고 현실에 대한 이성적인 판단이 나를 움직인다. 진보를 표방한 많은 깃발들이 우리의 삶을 오히려 뒷걸음질 치게 만든 결과를 지켜보았으니, 진보라는 이념이 우리의 삶을 개선하는데 유용하기 어렵다는 판단에 이르게 된다. 그것은 '변절'이 아니라 사람의 일생에 있어서 자연스러운 현상이다.

그러니 지금 내가 어떤 신념을 갖고 있다 해도 너무 과신할 일은 아니다. 그 신념이라는 것이 고정불변의 것이 될 수 없기에 언제 바뀔지 모르는 일이다. 오히려 평생 가도 생각이 바뀌지 않는 사람이야말로 화석처럼 사고가 굳어버린 존재가 아닌지 자문해볼 필요가 있다. 세월이 지나면서 자신의 생각이 바뀌는 것은 두려워할 일이 아니라, 당연하게 받아들일 일이다.

인생의 부분만 갖고
사람을 재단 말라

그리고 자신의 생각을 바꾸는 데 영향을 주는 요인들은 무척 많다. 자기가 어떤 직업의 세계에서 일하고 어떤 사람들과 주로 어울리는지, 경제적으로 어떤 위치에 있는지에 따라 가치관이 서로 달라진다. 그런가 하면 갑작스럽게 찾아온 충격적인 사건이, 내게는 뇌종양 수술과 투병이라는 사건이 그것이었지만, 인생관을 바꿔놓는 경우도 적지 않다.

그러니 그가 젊었을 때 가졌던 생각만 접하고는 그의 인생 전체를 재단하려는 것은 지극히 섣부른 일이다. 젊었을 때 가졌던 생각이 나이 들어가면서 어떻게 달라졌는가를 지켜보는 것도 나름 의미있는 일이다. 이 책에서 하나씩 풀어나가는 얘기들이 그렇게 읽혔으면 하는 바람이다.

청소년 시절부터 깨어난
정치의식

어렸을 때부터 유난할 정도로 읽는 것을 좋아했다. 국민학교 (지금의 초등학교) 5학년 때부터는 〈소년○○일보〉가 아닌 성인 신문들을 열심히 읽었다. 그것도 스포츠나 연예면이 아니라 정치면을 주로 읽었다.

'국민학교' 시절부터
신문 정치면 애독자

그래서인지 정치에 대한 관심과 의식이 남달리 일찍 생겨났다. 국민학교 시절 교실 벽에 온통 새마을운동을 홍보하는 포스터들이 붙는 것을 보았다. 그때가 박정희 정부 시절이었는데 국민학교 교실에까지도 그런 포스터들이 붙던 때였다. 아직 뭐라고 딱 정리된 비판적 사고가 형성된 것은 아니었지만 뭔가 불편한 감정을 느끼곤 했던 기억이 남아있다.

국민학교 시절인 1971년에 박정희 정부는 대학가 시위에 대처하기 위해 위수령을 발동했다. 대학 안으로 군인들이 들어가서 학생들을 마구 체포하는 장면들을 신문을 통해서 접했다. 어린 나이였지만, 민주주의가 회복되어야 한다는 생각을 일찍부터 마음속에 품었다.

정치의식이 키워진
청소년 시절

중학교에 진학한 뒤로는 본격적으로 유신독재에 대한 비판적 의식이 형성되었고 당시 정권을 비판하는 글들을 많이 찾아서 읽기 시작했다. 당시 제1야당이 신민당이었는데 〈민주전선〉이라는 기관지를 냈던 기억이 난다. 거리에서 야당의 기관지를 받아와서는 정권의 독재를 비판하는 글들을 읽으면 속이 후련해지곤 했다.

특히 1975년 4월에 유신체제 폐지를 요구하며 서울대 농대생 김상진이 할복자살하는 일이 있었다. 그가 남긴 유서가 〈민주전선〉에 실렸는데, 반복해 읽으면서 눈시울이 뜨거워졌던 기억이 난다. 민주주의를 위해 목숨을 버린 어떤 대학생의 모습은 아마도 내 청소년기에 정치적으로 가장 영향을 주었던 사건이었던 것 같다.

스스로 찾아 읽은
정치 서적들

그때 반정부 성향의 학생과 지식인들이 많이 읽었던 〈씨알의 소리〉라는 월간지가 있었다. 간디의 평화사상을 계승한 함석헌 선생이 냈던 잡지인데, 독재정권을 비판하는 글들이 많이 실리곤 해서 매달 서점에 가서 구입해서는 읽곤 했다. 당시 야당의 정일형 의원을 국회의원직에서 제명당하게 만들었던 대정부질문 내용 전문이 실렸기에 여러 번 읽었던 기억도 난다.

당시에는 월간지 〈신동아〉도 야당지의 성격을 띠었다. 매달 〈신동아〉가 나오면 구입해서 읽는 일도 빼놓지 않았다. 서

슬 퍼랬던 그 시절만 해도 정부를 비판하는 글은 아무 곳에서나 접할 수 없었다. 그나마 몇 곳에서 나오는 글들을 열심히 구해서 읽을 정도로 나는 이미 유신독재에 반대하는 '반정부 중학생'이 되었던 것이다.

혼자서 키워진
비판적 정치의식

중학교 1학년 때 국어 선생님이 일기 쓰기를 권유하고 학생들에게 일기장을 제출해 보라고 한 일이 있었다. 지금 같으면 프라이버시가 담긴 개인의 일기장을 제출한다는 것 자체가 상상이 안 되겠지만 말이다.

그때 일기장에 독재에 대한 비판과 민주주의가 회복되어야 한다는 얘기들을 종종 썼던 것 같다. 지금 생각하면 자기 얘기는 안 쓰고 그런 정치 얘기만 썼으니 그게 무슨 일기인가 싶다. 이를 본 국어 선생님이 수업 시간에 "비판의식이 대단히 높은 학생"이라고 칭찬인지, 걱정인지 해주시는 말씀을 들은 적도 있었다. 나는 일찌감치 '나홀로 의식화'가 되었던 중학생이었다.

예금통장을 털어
동아일보에 격려광고를 내다

나는 이것저것 읽고 그냥 혼자 비분강개하는 차원에 그치지는 않았다. 중학생 때인 1974년에 〈동아일보〉 기자들이 '10.24 자유언론실천선언'을 했다. 이어 언론자유수호투쟁을 벌이며 박정희 정권이 보도금지시켰던 시위·집회·기도회 현장을 보도하고 개헌문제에 대한 사설을 게재했다.

백지광고 사태,
예금했던 돈을 다 털었다

그러나 박정희 정권은 기업들과 기관들에 압력을 행사해서 무더기 광고해약사태라는 초유의 탄압을 자행했다. 광고가 떨어져 나간 동아일보는 몇 개 면이 백지상태로 발행되는 상황까지 내몰렸는데, 이에 분노한 국민들이 〈동아일보〉에 격려광고를 내는 운동이 확산됐다.

나도 그때 명절에 조금씩 용돈을 받아 은행에 예금해 놓았던 돈을 다 털어서 격려광고를 냈다. 아주 조그마한 광고였지만 당시 돈으로 몇만 원은 광고비로 냈던 것 같은데, 지금으로 치면 그리 적은 돈은 아니었을 것이다. 하지만 그때는 정말 아까운 줄 모르고 예금을 털어서 동아일보사 광고국을 찾아갔었다.

중학생 시절부터 생겨난 반독재 민주회복에 대한 생각은 자연스레 고등학생 시절로 이어졌다. 고등학생 시절에는 국회의원 선거 때면 유세장을 찾아다니기도 했다. 그나마 유세장을 찾아가 야당 후보들의 정권 비판을 듣는 것이 독재정치에 맺힌 스트레스를 푸는 길이었기 때문이다.

입시 공부보다
정치 현실에 관심

"어차피 짤릴 텐데, 좋은 대학 가면 뭐하나."

당시 시국에서는 대학에 간들 '데모'를 하다가 중간에 짤릴 것만 같았다. 그랬던 나의 생각은 남들과는 다른 고등학생 시절을 보내게 만들었다. 원래는 공부를 무척 잘하던 축에 속했다. 중학교 입학하고 치른 첫 시험 결과에서 전교 1등이 나오기도 했고, 고등학교 진학해서도 첫 시험에서 전교 1등을 기록했다.

당시 담임 선생님은 '서울대 법대'를 목표로 공부하라고 권유를 했다. 고교 평준화로 추첨을 통해 들어간 고등학교였던지라, 학교에서는 서울대 가는 학생을 한 번 보고 싶어했다.

그러나 나는 공부할 의욕을 찾을 수가 없었다. 대학에 가봐야 데모하다가 잡혀가고 짤릴 것이 뻔한데 무슨 대학을 가든 다 소용없는 일이라는 생각이 들었다. 어차피 끝까지 다니지도 못할 대학인데 기를 쓰고 좋은 대학에 가면 무엇하나 하는 허망감에 갇혔다.

막판 입시 공부에 매달렸지만
쉽지 않았다

그래서 입시 공부를 게을리하고 다른 책들만 읽다가, 이래서
는 안되겠다는 생각에 머리를 빡빡 깎은 것이 3학년이 되면
서였다. 이제라도 열심히 공부하면 성적이 쭉 올라갈 것이라
는 근거 없는 자신감이 있었다.

그런데 3학년 들어서는 공부를 했는데도, 생각했던 만큼
성적이 쑥쑥 올라가지 않는 것이었다. 나는 언제든 마음먹으
면 잘할 수 있으리라 믿었는데 갑자기 하는 공부로는 따라가
기 어려울 정도의 구간에 이미 들어갔던 것이다.

너무 일찍 눈떴더니
조로早老하게 되더라

정치를 너무 일찍 알아버린 청소년 시절이었다. 그런데 남들
보다 너무 일찍 안다는 것이 좋은 것만은 아니었다. 남들은
대학에 들어와서야 선배들로부터 '의식화'를 거치며 현실에
대해 눈뜨게 되고 새로운 충격을 받는 모습이었다. 하지만 이

미 현실을 알 만큼 알아버린 나는 달랐다.

　그래서 고민은 많이 하고 행동은 적게 하는 비겁한 대학 시절을 보내게 된다. 당시의 엄혹한 상황에서 세상을 바꾸겠다고 몸을 던진다는 것이 자신의 삶을 어떻게 만들지, 평생 그렇게 살아야 하는 길이라는 것을 너무 일찍 알았기 때문이다. 돌아보면 모든 일에는 때가 있는 것 같다. 청소년기에는 그 나이에 맞는 일이 있고, 대학생 때는 또 그에 맞는 일과 고민들이 있는 것이고. 세상에 대해 너무 일찍 뜨거워졌던 나는 정작 생각만 많은 사람이 되고 말았다.

종횡무진 자유롭게
살았던 인생

우리의 인생은 계획한 대로 진행되지 않는다. 계획대로만 된다면 인생을 살아내는 일은 한결 쉬울 것이다. 그러나 마음대로 되지 않는 것이 인생이다. 평생의 목표와 계획을 세우는 비현실적인 일에 매달리기보다는 하루하루 오늘의 생활을 성실하게 해나가는 것이 나을지 모른다.

생각나는 대로
살았던 인생

그런데 내 경우는 이제 나이 들어서 돌아보니 정말 아슬아

슬한 인생이었다는 생각이 든다. 언제나 하고 싶은 일들을 자유롭게 선택하며 새로운 길을 간 것이 한두 번이 아니었다. 그것도 대부분은 이미 만들어져 있는 길이 아니라 내가 길을 만들어야 하는 경우들이었다.

대학생 시절에는 1979년부터 1980년대에 이르는 정치적 암흑기 속에서 개인의 취업 같은 것은 생각해 본 적도 없었다. 물론 그 시절은 지금과 같은 취업 전쟁이 벌어지던 때는 아니었지만, 그래도 졸업하고 어디든 들어가서 먹고사는 직업을 가지려면 당연히 취업을 위해 공부하고 준비를 했어야 할 일이다.

취업은 생각해 보지도 않았던
대학 시절

그러나 당시 운동권 주변에서 한복판으로 들어가지도 못하고, 그렇다고 개인의 앞길을 위해 차마 떠나지도 못한 나는 대학원 진학이라는 절충적 길을 찾았다. 당장 감옥에 가는 길을 택하는 대신 당시의 운동을 이론적으로 뒷받침하는 '학술운동'을 하겠다는 명분이었다.

그렇게 취업 같은 것은 생각해 보지도 않은 채 대학원에 진학했고, 내가 공부한 것을 출판문화운동을 위해 쓰자는 생각으로 당시 유행처럼 번졌던 사회과학 출판 활동을 했다. 그러다가 내가 낸 책이 문제가 되어 감옥까지 다녀와야 했다.

팔자에도 없던
정치권 일을 하다

짧은 기간이지만 감옥에서 나오고 나니 세상이 달라지기 시작했다. 소련에서부터 페레스트로이카 열풍이 불면서 세계적으로 사회주의가 몰락했던 것이다. 우리 사회에서도 더 이상 혁명은 불가능하다고 생각한 나는, 차선으로 정권교체를 통한 민주화가 현실적 과제라는 판단에 정치권에 입문했다. 재야 민주화운동을 하던 이부영 당시 민통련 의장이 이끄는 새정치민주연합이 '꼬마 민주당'에 들어갈 때 합류해서 제법 긴 기간동안 정치권 일을 했다.

지금 생각하면 참 무모한 일이었다. 특별히 정치를 하겠다는 포부가 있는 것도 아니고, 정권교체에 기여하겠다는 일념으로 당시 야당에 들어가서 일을 했으니, 순수하지만 지금의 잣대로 보면 바보 같은 일이기도 했다.

　내 옷이 아닌 정치를 그만두고
　새 길을 찾다

하지만 결국 나는 정치는 내 옷으로 어울리지 않는다는 판단을 하고는 나이 40이 되던 무렵에 정치권 일을 그만두고 나왔다. 정치를 하려면 출마를 해야 하고, 국회의원 배지를 달려면 내가 싫어하는 인간들과도 '형님, 아우' 하면서 웃으며 지내야 하는데, 내가 그렇게 페르소나를 쓰고 살아야 할 이유를 찾을 수가 없었다.

그래서 새로운 길을 찾아 나섰다. 이미 결혼을 해서 가정을 꾸리고 아이들도 키울 때였으니, 지금의 기준으로 보면 참으로 모험적인 인생을 살았던 셈이다. 내가 낸 새 길은 바로 방송활동이었다.

대학에서 접은 언론인의 꿈,
그러나 '평생 언론인'이 되었다

어렸을 때부터 읽는 것을 좋아했다. 앞에서 얘기한 것처럼 국민학교(지금의 초등학교) 5학년 때부터 어른들이 읽는 신문, 그것도 정치면을 주로 읽곤 했다. 중학생이 되어서는 1학년 때부터 문학책을 많이 읽었다. 생텍쥐페리의 『어린왕자』, 앙드레 지드의 『좁은문』, 헤르만 헤세의 『데미안』을 비롯해서 많은 문학책들을 읽었다.

어린 나이에 어려운 내용,
그러나 읽는 게 좋았다

그러나 그 나이에 이해하고 자기 것으로 소화하기에는 너무 어려운 책들이었다. 읽은 내용의 4분의 1이나 이해했을까. 그래도 읽는 것이 좋았던 기억이다.

그 시절의 모습 같아서는 대학에 가서 문학청년이 되었을 법도 했다. 혹시 국문과에 진학했거나 문학반 동아리에 들어갔다면 앞길이 어떻게 되었을지 모르겠다. 대학 1학년 시절만 해도 시집들을 가방에 넣고 다니며 읽곤 했으니 말이다. 그 시대의 삶을 다룬 소설도 써보고 싶은 마음은 굴뚝 같았는데 능력이 되지 못해 막상 시작만 하다가 그치곤 했다.

언론인이 되려던 꿈,
엄혹한 현실 속에서 접었다

그리고 고등학교 시절에 가졌던 꿈은 언론인이 되는 것이었다. 내가 중학생이던 무렵에 〈동아일보〉와 〈조선일보〉에서 기자들이 자유언론선언을 하고 나중에 해직 사태가 빚어지는 것을 지켜봤다. 장차 정론을 펴는 기사를 쓰는 언론인이 되고 싶었다.

그런데 막상 대학에 들어가고 나니 그런 꿈을 간직하고 진로를 모색할 상황이 되지 못했다. 당시는 계열별 모집이라 문과대학으로 입학했다가 2학년에 올라가면서 사회학과에 들어갔다. 1979년에 겪었던 유신독재의 붕괴, 그리고 12·12 군사반란 등을 지켜보면서 우리 사회를 사회과학적 차원에서 공부해야겠다는 생각을 가졌다.

자연스럽게 문학 쪽으로 진로를 잡는 것은 멀어졌다. 여전히 시집들과 소설책들을 가방에 넣고 다녔지만 민중문학 계열의 작품들만 읽어대기 시작했다.

언론인이 되려면 일단 언론사 시험 준비를 해서 들어가야 하는데, 당시의 엄혹했던 정치적 상황은 그럴 여유를 주지 않았다. 전두환 정권에 항거하며 선배와 동료들이 시위를 주동하다가 감옥으로 가는 현실에서 내 앞길을 위해 시험 준비를 하고 있기가 어려웠다. 대신 대학원에 진학해서 우리 사회가 안고 있는 문제들을 좀 더 깊이있게 들여다보자는 생각을 해서 공부를 계속했다.

대신 평생 자유로운
언론인이 되었다

그래서 청소년 시절에 가졌던 꿈들은 대학에 들어가서 다 포기했던 셈이다. 그런데 묘한 것이 문학 작품을 쓰는 작가가 되지 못하고, 언론사에 입사하여 기자가 되지도 못했지만, 세월이 흐르고 난 뒤에 결국 그와 마찬가지의 일을 하면서 살고 있다.

언론사에 들어가 직업으로서의 언론인이 되지는 못했다. 하지만 평생 언론과 함께 일을 하고 있으니 사실상 언론인이라고 해도 틀린 얘기는 아닐 것이다. 20년 넘게 해왔던 방송 활동도 그렇고, 지금도 8~9군데 언론에 고정 칼럼을 연재하고 있으니 언론인이 된 것보다도 더 많이 언론에서 말하고 글 쓰며 살아왔다.

전화위복의 길,
꿈을 이룰 기회는 다시 찾아온다

오히려 특정 언론사에 속하는 언론인이 되었다면 그렇게 자유롭지는 못했을 것 같다. 프리랜서로서 아무 곳에도 구속되지 않고 자신의 의견과 소신을 개진해 왔으니, 언론사에 들어가서 일하는 것보다 낫다는 생각을 하게 됐다.

그러니 버린 것 같았지만 버리지 않았던 것은 나의 청소년 시절의 꿈이었다. 오히려 그 꿈에만 매달렸던 것보다 그쪽 분야에서 더 많은 일들을 할 수 있었으니, 이럴 때 전화위복이라는 말을 쓰는 것일지도 모르겠다.

그러니 꿈이라는 것은 한번 기회를 잃었다고 영영 포기할 일은 아니다. 계속 꿈을 간직하고 준비하고 있으면 다른 얼굴의 기회가 온다. 그래서 꿈은 영원할 수 있다. 꿈이여 포에버forever!

이념은 덧없는 것,
개인이 소중하다

이제까지 썼듯이 나의 청춘 시절은 그렇게 지나갔다. 시대는 우리로 하여금 개인적인 삶을 허락하지 않았고 시대의 대의를 위한 삶을 요구했다. 내가 좋아했던 서정시를 읽고 서정적인 음악을 듣는 대신, '아침이슬'이나 '단결투쟁가'를 부르며 세상을 바꾸겠다는 결의를 다지곤 했다.

'개인'의 포기를 요구했던
젊은 시절

지금이야 정권 퇴진을 요구해도 그것 때문에 잡혀가는 일은 상상도 할 수 없는 세상이다. 그러나 우리의 젊은 시절만 해도 그것은 평생을 거는 일이었다. 한번 그 길에 들어서면 세상을 바꿀 때까지 '개인으로서의 삶'은 포기하고 '혁명가로서의 삶'을 살아야 한다고 믿었던 시절이었다.

세월이 지나 당시에 학생운동을 했던 유명 인사들이 오히려 정치적으로 입신출세를 하는 광경들이 벌어졌지만, 당시 대다수의 청춘들은 그 앞에서 자신의 삶을 고민하고 또 고민했다.

운동권의 집단주의적 문화에
적응하는 어려움

굳이 말하자면 나는 특별히 한 것도 없이 고민만 많이 했던 유형이었다. 당시의 운동권이 요구했던 집단주의적 문화에 적응하는 데 무척 힘이 들었다. 나는 기본적으로 '선한 개인주의'를 표방하며 자유주의적인 사고 구조를 가진 사람이었다. 그러니 집단에 개인을 하나로 일치시켜야 했던 문화에 적응하지 못한 채 늘 배회하는 주변인이었던 셈이다.

나같이 개인주의적인 성향을 가진 사람이 젊은 시절에 사회주의를 말하고 혁명을 말했으니, 지나고 생각하면 우리 인생의 아이러니가 아닐 수 없다. 무엇보다 개인의 자아를 중시하는 나같은 사람이 개인을 집단에 종속시키려는 이념을 숭배하고 주장했으니 말이다.

‘혁명’ 대신
‘사랑과 시간’

분단 시대 지식인의 삶을 다룬 최인훈의 소설 『회색인』에 나오는 김학은 갇혀 있는 현실을 인간의 의지에 의해, 즉 혁명에 의해 돌파할 것을 주장한다. “혁명이 가능했던 시대라는 건 어디도 없었어. 그래서 혁명이 일어났던 거야. 이런 역설의 논리는 인간의 의지에 의해서만 뚫렸어. 그 의지의 발동을 망설이는 것을 나는 비겁이라고 부르는 수밖에 없어.”

그러나 독고준은 새로운 혁명에 대해 회의적인 입장을 취하며 ‘사랑과 시간’을 선택한다.

“나는 진리를 믿고 싶지 않은 것이다. 천 사람, 만 사람에게 하나같이 꼭 들어맞는 그런 진리를 믿고 그 때문에 가슴을 태울 만한 순결은 이미 내 몫이 아닌 것이다. 어떻게 하다 이렇게 된 것일까? 내 나이에 어떻게 하다 이런 인간이 된 것일까? 이것은 시대가 나를 거세한 것일까?"

이념이 아니라
사람이 중요한 것

나는 결국 김학이 되기를 포기하고 독고준이 되는 길을 택했다. 단지 비겁해서가 아니라 그것이 내게 맞는 길이라고 생각했기 때문이었다. 한 시절 절대적 진리라고 믿었던 이념도 시간이 지나면 결국 덧없는 것이 되고 만다. 그것은 인간 사회가 반복해서 겪어왔던 경험이다.

그러니 자신이 가진 이념을 과신하지 말 일이다. 언제 바뀔지 모르는 일이다. 이념이 아니라 사람을 믿는 사람이 세상을 위해서 좋은 일은 더 많이 함을 살면서 지켜보았다.

2부

팔자에 없던
방송활동을 하게 되다

우연히 찾아온
방송 출연의 계기

정치권 일을 그만둔 뒤 내가 간 길은 방송활동이었다. 사실 방송을 하기 시작한 것은 그 이전부터였다. 사람들 앞에서 떠들기를 좋아하지도 않는 내가 방송의 길로 들어서서 20여 년간 방송활동을 했던 것은 아주 우연한 계기로 시작되었다.

우연한 방송 출연이
20여 년의 방송활동을 낳다

아직 20세기였던 1990년대 후반 무렵에 지금도 방송 진행자를 하고 있는 정관용 씨가 연락을 해왔다. 자기가 SBS에서 시사 프로그램 진행을 맡게 되었는데 한번 출연해서 정치분석을 해달라는 것이었다.

방송이라고는 한 번도 해본 적이 없어서 떨려서 못 나간다고 했지만, 와서 그냥 편하게 얘기하면 되니 와보시라고 해서 출연을 하게 됐다. 스튜디오에 들어가 한 20분쯤 얘기를 하고 나오니 담당 PD가 아주 좋았다면서 앞으로 고정 출연을 해달라는 것이었다. 그래서 매주 고정 출연을 하기로 하면서 나의 방송 인생은 시작되었다. 그 뒤로 20여 년을 방송인으로 살아가게 됐으니, 사람의 운명이란 참 알 수 없는 일이다.

방송만 하면서
먹고살고 싶은 욕심

한 군데 방송을 나가기 시작하니까 다른 방송국에서도 섭외 연락이 오기 시작했다. 그래서 CBS 라디오에서도 고정 출연을 하게 됐고 KBS 라디오도 가끔씩 나가게 됐다. 사실 정치권 일을 아무 대책 없이 그만둔 것은 아니었다. 방송을 전업으로 해보고 싶은 욕심이 있었다.

방송이라는 것의 맛을 보고 나니까, 이게 해 볼만 하다는 생각이 들었다. 자기가 하고 싶은 얘기들을 많은 사람들이 듣게 할 수 있지, 출연료는 꼬박꼬박 들어오지, 방송만 하면서 먹고살 수 있으면 얼마나 좋을까 하는 생각이 들었다.

지금도 그렇지만 내가 출연하는 시사 프로그램들은 주로 아침 시간에 하곤 한다. 그러니 아침에 방송들을 다 끝내고 자유롭게 동해바다로 떠날 수 있는 생활을 한다면 얼마나 좋을까를 떠올렸다.

방송에 승부를 걸기로
마음 먹다

그래서 방송에 승부를 걸기로 했다. 나로서는 그야말로 맨땅에 헤딩을 하는 것이나 마찬가지였는데, 방송을 하고 싶다는 생각은 어떻게든 그 길을 내 힘으로 만들겠다는 마음을 갖게 만들었다.

우선 박사학위 논문을 쓰기 시작했다. 대학원 박사 과정을 수료까지만 하고 논문은 차일피일 미뤄왔는데, 방송을 하기 위해서는 '박사'라는 타이틀이 필요하겠다고 생각했다. 정치권 일을 서둘러 그만두었던 것은 사실 박사 논문 쓰기에 집중하고, 돌아갈 다리를 불사른다는 의미가 내게는 있었다.

목표가 분명하니
준비도 빨라졌다

빨리 박사학위까지 받고서 방송으로 본격 진출하겠다는 목표가 분명했기에 나는 논문쓰기에 매달렸고 비교적 빠른 시일 내에 논문이 통과될 수 있었다. 이제는 방송들이 나를 찾을 것인가 여부만 남게 되었다.

방송을 하고 싶어
승부를 걸었다

지금이야 방송 채널들이 정말 많아졌지만, 당시만 해도 종편도 없고 지상파와 케이블 TV만 있을 때였으니 방송 채널이 많지 않았다. 그래서 방송으로 먹고산다는 것은 과장해서 비유하면 낙타가 바늘구멍으로 들어가는 것만큼 어려운 일이었다.

방송이 하고 싶어
사표를 냈다

실제로 박사학위 논문을 들고서 나를 첫 출연시켜 줬던 PD

를 찾아가서 앞으로 방송을 하겠다고 하니 말리는 것이었다. 방송으로는 먹고살기 어렵다는 것이었다. 하긴 가끔씩 방송 출연한다고 그 정도 출연료 갖고 먹고살기는 힘들 일이었다. 방송으로 먹고살 정도가 되려면 정말 많은 방송들에 고정 출연해야 하는데 방송계에 아무런 기반이 없던 내가 그것을 해낼 수 있을지는 도박과도 같은 일이었다.

그런데 이미 다니던 곳에 사표를 내고 돌아갈 다리를 불 살랐으니 어떡하겠는가. 목표가 이루어질 수 있도록 최선을 다하는 길밖에 선택의 여지가 없었다. 다른 선택의 길이 없 는 그런 상황은 내 스스로가 만든 것이었다. 그만큼 방송을 하고 싶어서였다.

‘노풍’이 불어 자고 나니 ‘스타’가 됐다

그런데 운이 좋았다. 마침, 2002년 대선을 앞두고 ‘노풍’이 불 었다. 당초 예상과는 달리 민주당의 국민참여경선에서 노무 현 후보가 선출되는 파란이 일어났다. 나는 당시 〈오마이뉴 스〉와 함께 국내에서는 최초로 정당 경선의 과정을 몇 시간에 걸쳐 인터넷 생중계했다.

마치 축구 경기 해설과 같이 샤우팅까지 하던 내 해설이 화제가 되었다. 그 국민참여경선 인터넷 중계가 끝나고 나자 여러 언론들이 인터뷰 요청을 해왔고 KBS, MBC TV 등 여러 방송들에서 고정 출연 섭외를 해왔다. 자고 일어나 보니, 하루아침에 스타가 되어있던 것이었다.

방송을 원없이 하는
꿈을 이루다

그 뒤로는 '방송인' 소리를 들을 정도로 정말 원없이 방송 출연을 많이 했다. 노무현 정부가 들어서자 '토론'이 유행이 되어 방송들마다 토론 프로그램을 만들었다. 지상파로만 하루에 5~6개의 프로그램에 고정 출연을 하게 됐다. 비고정 프로그램까지 합하면 새벽부터 밤까지 방송만 하고 다니는 전성기를 누렸다.

'TV 채널만 돌리면 유창선이 나온다'는 농반진반의 소리를 들었다. 그렇게도 하고 싶었던 방송을 마음껏 할 수 있게 꿈을 이룬 것이다.

인생은 알 수 없는 것,
기회를 내 것으로 만들라

사람의 인생이란 알 수가 없는 것이다. 사람들 앞에서 나서서 말하기를 좋아하지 않는 내성적인 내가 오랜 세월 방송을 하면서 먹고사는 것을 상상조차 해본 일이 없었다. 그런데 아주 아주 우연하게 그런 일이 벌어졌다.

살면서 누구에게나 기회는 몇 번은 온다. 그 기회가 왔을 때 놓치지 않고 자기의 것으로 만드는 것이 중요하다. 물론 준비되어 있는 경우라면 그 기회를 자기 것으로 만드는 일이 훨씬 수월해진다. 그러니 지금 당장 어렵다고 꿈을 버리지 말 일이다. 현실은 비루하더라도 마음속에는 꿈을 갖고 키우는 사람이 기회가 왔을 때 기어코 자기 것으로 만들려는 의지를 가질 수 있다.

방송의 꿈 앞에서
누구보다 성실했다

지금은 워낙 방송 채널들이 많아져서 방송 출연이 그리 어려운 일이 아니다. 누구나 '평론가'가 되어 방송에 나와 정치시사 얘기를 하는 시대가 됐다.

운보다 소중했던 것은
노력

그러나 내가 방송을 시작했던 시절만 해도 그렇지 않았다. 방송 채널 수가 워낙 적었고 아무나 방송에 출연하기 어려웠다. 상당히 검증된 사람만이 방송에 출연할 수 있었다. 방송이라고는 해본 적이 없던 나였다. 내가 믿을 것은 하고 싶은 것을 하면서 살 수 있도록 성실하게 노력하려는 의지뿐이었다. 물론 운도 따랐지만, 그 이상의 노력도 했던 것이 사실이었다.

돌아보면 인생의 가장 오랜 시간을 방송활동을 하면서 살았다. 내가 했던 시사방송은 정권이 바뀔 때마다 흐름이 바뀌곤 해서 기복이 있기는 했지만, 1990년대 후반부터 2019년 뇌종양 수술과 그 후유증으로 방송을 그만두기까지 아마도 수만 회는 방송 출연을 했던 것 같다.

수만 회 방송 출연,
한 번도 지각은 없었다

그런데 그렇게도 많이 방송을 했으면서도 단 한 번도 방송 시간에 늦는 지각을 한 적이 없었다. 그것은 시간이 흐른 뒤, 내가 얼마나 성실하게 방송에 임했던가를 입증하는 내 마음속 자부심 같은 것이었다.

나는 방송을 본격적으로 시작하고 나서부터는 10년 이상

주로 이른 아침 시간에 방송을 했다. 시사방송들이 대체로 아침 6시부터 시작하는 이른 시간대에 편성되곤 했기 때문이다. 나는 이른 아침 방송들의 데일리 코너를 여러 개 맡기도 하고, 진행자를 맡던 시기도 있었다. 그래서 남들은 아직 출근도 하지 않은 시간대에 여러 방송사들을 숨 가쁘게 이동하면서 아침 시간에 일을 했다.

새벽 5시의 생방송, 잠을 잘 수가 없더라

그때만 해도 여의도에 방송사들이 몰려있었다. KBS, MBC, SBS, 이른바 '방송 3사'가 모두 여의도에 있었다. 그래서 한 곳에서 방송을 끝내고는 후다닥 이동해서 다른 방송에 출연하는 것이 가능했다. 아침 시간에만 여의도에서 방송을 몇 개씩 하곤 했다.

그런데 아직도 잊혀지지 않는 것은 새벽 5시에 스튜디오에 가서 생방송을 1년 반가량 했던 일이다. 지금은 정확히 기억도 나지 않지만 2005~6년쯤이었던 것 같다. 아침 5시에 생방송으로 시작하는 KBS 1라디오 〈뉴스와이드 1부〉의 첫

코너를 맡아서 매일같이 새벽 4시에 집을 나서 4시 반이면
스튜디오에 도착해 뉴스 기사들을 읽으며 방송 준비를 하는
생활을 했다.

　　방송생활 시절의 성실함은
　　삶의 자산이 되었다

그때는 정말 제대로 잠을 잘 수가 없었다. 혹시라도 제시간
에 깨지 못할까, 겁이 나서 긴장을 하게 되니 잠을 자도 자는
것이 아니었다. 항상 긴장된 상태로 얕은 잠을 자고 몇 번씩
깨다가 시간이 되면 일어나곤 했다. 방송이라는 것이 출연자
가 제때 도착하지 못하면 펑크가 나는 것이기에 시간을 지
키는 것은 내 방송 생활의 기본 중의 기본이었다.

　아마도 그렇게 많이 방송을 했으면서도 지각 한번 하지
않았던 사람은 드물었을 것으로 생각된다. 오히려 새벽 방송
을 진행하는 아나운서가 술이 깨지 않은 채 방송을 시작했
다가 사고를 친 일도 지켜봤다. 그 시절의 그런 성실함은 내
가 살아가는데 두고두고 자산이 되고 힘이 되었다.

진영의 정치,
경계인의 외로운 길

청년 시절에는 세상을 바꾸겠다고 진보운동을 했고, 나중에는 세상은 못 바꿔도 정권이라도 바꿔야 한다는 생각에 정치권에 들어가 활동을 했던 시절도 있었다. 아는 것이 정치라 그 뒤로도 20년이 넘게 정치평론을 하면서 살았다.

어느 편에도 속하지 않은
경계인

그러나 언제나 어느 편이냐부터 묻는 우리 정치문화에서 나는 어느 진영, 어느 편에도 속하지 못하는 이방인이 되곤 했다. 어떤 권력이든 어떤 정치세력이든, 절대선도 절대악도 존재하지 않는다는 것이 나의 신조였다.

이쪽도 잘못할 수 있고, 저쪽도 잘못할 수 있는 것이기에 어느 진영의 잘못이냐에 따라 선택적 비판을 하는 것은 내 양심이 허락하지 않았다. 방송이나 글을 통해서 정치평론을 할 때도 어느 편이냐를 따지지 않고 시시비비를 가리려고 했다.

한쪽 편이 아니면
'회색'으로 내몰리는 사회

그러나 우리 정치에서 그런 사람은 설 자리가 없었다. 우리 편인가, 저쪽 편인가를 따지는 이분법만 존재할 뿐 그 중간에서 시시비비를 가리는 사람은 기회주의자이며 회색인으로 취급당했다.

팟캐스트나 유튜브에서 정치 얘기를 하면서 수많은 구독자를 확보하고 많은 수익을 올리는 사람들은 예외 없이 좌-우 가운데 한쪽 진영에 철저하게 서는 경우들이었다. 확실하게 한쪽 편에 서지 않고 양비론이라도 펴는 태도로는 인기도 돈도 얻기 어려운 것이 우리 정치문화의 현실이었다.

그러나 나는 그렇게 시류에 영합하여 인기를 누리고 돈을 벌고 싶은 생각이 없었다. 내 양심이 허락하지 않았기 때문이다. 내가 좀 더 지지했던 쪽이라 해도 잘못을 하면 예외 없이 비판을 했다. 하지만 진영에 속한 사람들은 그런 나를 좋아하지 않았다. 진영의 경계에 서 있는 나는 언제나 주변에서 외롭게 떠도는 유목민이어야 했다.

특히 한 시대가 바뀔 때마다 사람들은 이쪽과 저쪽을 오가며 우르르 몰려다녔다. 시대를 막론하고 세상은 온통 서로 무리지어 있다. 어느 쪽이든 사람들은 무리를 지어 자기들의 도덕을 만들고 영웅을 만들며 정치를 해나간다. 하지만 어떤 무리든 그 일원이 된다는 것은 자유를 내려놓는 대신 속박을 감수하는 것이다.

정권마다 배제당하는
기구한 운명

그러니 무리의 도덕과 나의 도덕이 일치하지 않는다는 이유로 나는 언제나 떠도는 주류에서는 배제당하는 처지로 내몰리곤 했다. 그런데 세상의 모든 일은 그 무리 안에서 이루어진다. 나는 그 경계 밖에서 세상을 물끄러미 지켜볼 뿐이었다. 천사를 그려달라는 교회의 주문에 쿠르베는 이렇게 답했다. "나에게 천사를 보여주시오. 그러면 천사를 그려주겠소."

무리를 잃는 대신
자존감을 지켰다

쿠르베는 사상이나 관념에 따라 그림을 그리지 않고, 자신이 직접 눈으로 확인하고 느낀 것만을 그렸다. 그런 점에서 오직 사실과 진실로부터 판단을 구하려는 나는 또 다른 사실주의자일지 모른다. 나 역시 내 눈으로 직접 확인하지 않고서는 천사를 믿지 않는다. 하지만 세상은 그런 사람을 그다지 좋아하지 않는다.

내가 자신들의 편이라고 생각할 때는 우르르 몰려왔던 사람들이, 자신들의 영웅에 대해 비판이라도 하면 우리 편이 아닌가 보다 하며 썰물처럼 빠져나갔다. 온통 진영으로 갈린 정치에서 나는 자발적 고독을 선택했던 경계인이었다. 외로웠지만 나는 양심을 버린 적이 없었기에 누구 앞에서든 당당할 수 있었다. 무리를 잃는 대신, 나는 자존감을 택했던 것이다.

나를 지키기 위해
동네 독서실로 들어가다

2017년 3월 10일 헌법재판소는 박근혜 대통령에 대한 탄핵 심판 청구에 관해 재판관 전원일치로 인용결정을 내려 그는 임기를 채우지 못하고 물러났다. '최순실 국정농단' 사태에 분노한 국민들이 촛불을 들고 거리로 나서 이루어낸 탄핵이었다.

그해 5월 새 대통령을 선출하기 위한 대통령선거가 치러졌고 문재인 후보가 대통령이 됐다. '촛불 정부'를 자임한 문재인 정부가 들어섰으니, 사람들은 세상이 바뀔 것에 대한 기대를 가졌다.

정권마다 배제당한
경계인

그러나 보수정부 아래에서 방송 출연에 제약을 받았던 나는 달라지는 것이 없었다. 이명박-박근혜 보수 정부는 방송을 자신들의 수중에 넣고 정권 비판의 소지가 있는 인물을 나오지 못하도록 막았었다. 그런데 문재인 정부 아래에서도 그보다 더하면 더했지, 달라지는 것은 없었다.

방송은 온통 '친문'들의 놀이터가 되었다. 나같이 '보수'도 아니요 '친문'도 아닌 '경계인'의 사람은 여전히 배제의 대상이 되었다. 이런 꼴을 보려고 그들과 함께 촛불을 들었던 것인가.

자발적 고독을 택해
독서실로 들어가 책을 읽었다

나는 박근혜 정부 임기 도중에 동네 독서실로 들어갔었다. 어차피 방송들은 다 끊겼고, 수험생들 속에서 책을 읽으면서 나를 지키고자 했다. 내 삶이 나 스스로의 선택에 의해서가 아니라 외부의 힘들에 의해 좌지우지되는 현실을 받아들일 수가 없었다. 그래서 하루종일 독서실에 틀어박혀 책을 읽으면서 내면의 힘을 키우겠다고 마음먹었다.

연간 회원권을 몇 차례나 끊으면서 고등학생들과 수험생들 속에서 엄청나게 많은 책들을 쌓아놓고 읽었다. 철학, 문학, 역사, 미술…. 그렇게 많은 책들을 읽으며 열심히 공부한 것은 처음이었다. 무엇이 되려는 공부가 아니라 나를 지키려는 공부였기 때문이었다.

나의 내면을
강하게 만들어준 시간

철학책들이 너무 어려워 대안연구공동체나 철학아카데미 같은 곳에 다니며 강의를 듣기도 했다. 그때 읽었던 책들은 지금까지도 내가 사유하고 글을 쓰는데 바탕이 되어주었다. 내가 힘들었던 투병의 시간을 잘 견뎌냈던 것도 이때 읽었던 책들로 내면이 그만큼 강해졌기 때문이었다고 생각했다. "나를 죽이지 못하는 것은 나를 더욱 강하게 만든다"던 니체의 말은 나를 그만큼 강하게 만들어주었다.

자신의 힘을 키우는 것의
중요성

정치로부터의 시혜를 구걸하지 않고 내면의 힘을 키워 자신을 지키겠다던 나의 생각은 지금 생각해도 잘한 선택이었다. 당장에는 여러 현실적인 어려움이 따랐지만, 평생의 삶을 이끌어갈 자신의 힘을 키웠으니 말이다.

그러나 '촛불 정부'라던 문재인 정부가 들어섰어도 조금도 상황이 달라지지 않았던 것은 유감스러운 일이었다. 모두가 다 마찬가지의 권력이었기에 나는 당분간 독서실을 더 지켜야 했었다.

정치에 목숨 걸며
살 이유는 없다

인생의 가장 긴 시간을 정치 얘기를 하면서 살았다. 30대 초반 무렵 수평적 정권교체를 이루는데 함께 하겠다는 생각으로 당시 야당에 들어가 정치 일을 했다. 그러다가 내 이름을 걸고 정치평론가 활동을 시작하여 방송을 통해 20년이 넘도록 정치 얘기를 했다. 내 자신이 정치와는 뗄 수 없는 삶을 오랜 세월동안 살았던 셈이다.

정치에 열 올리며 살았던
나의 과거 시절

그런데 이제는 정치와 거리두기를 하면서 살아가고 있다. 물론 지금도 여러 언론매체에 정치칼럼들을 많이 연재하고 있다. 평생 해온 것이 정치평론인지라 여기저기서 글을 요청해온다.

하지만 과거와 다른 것은 정치에 나의 감정을 개입시키지 않고 우리 정치의 근본 문제들을 짚는 글을 쓴다는 점이다. 지난 시절에는 나도 어느 진영의 편이 되어 누가 이기고 지는가에 열을 올렸던 시간들이 있었다. 어떻게든 내가 지지하는 쪽이 선거에서 이기도록 하기 위해 방송에서, 페이스북에서 흥분해서 열을 올리던 시절이 있었다.

누가 이기고 지든
막상 나와는 상관이 없더라

그러나 시간이 지나면서 이쪽저쪽을 모두 겪어보며 부질없는 일이라는 생각을 갖게 되었다. 막상 어느 정당의 누가 이기고 지는가 하는 것이 나의 삶과 별로 관련이 없음을 알게 되었기 때문이다. 선거 결과에 목숨을 걸다시피 하는 것은 정치를 하는 당사자들이지, 우리들까지 그럴 이유는 발견할 수 없었다.

선거 때면 모든 정당과 후보들이 하나같이 우리들의 삶을 개선시키겠다고 약속했지만, 누가 권력을 잡든 막상 그렇게 되지는 않았다. 오히려 누가 해도 마찬가지라는 실망과 회의만이 늘어갔다. 정치는 기득권을 가진 '그들만의 리그' 안에서 이루어졌다.

그런데도 정치에 목숨이라도 걸듯이 열을 올리는 사람들은 여전히 많다. 여야 불문하고 유력 정치인들에게는 팬덤이 존재해 왔다. 팬덤의 정치는 본래 정치에 대한 자발적 참여라는 순기능을 갖기도 하지만, 우리 현실에서는 상대에 대한 증오를 키우는 정치문화를 낳은 것이 사실이다.

정치로 과열된
SNS 공간

지금도 SNS에 들어가 보면 자신이 지지하는 정치인을 위해 흥분하듯이 열을 올리는 사람들이 많다. 반대로 자기가 싫어하는 정치인들에 대한 증오의 언어들을 쏟아내는 사람들도 역시 많다. 그러다 보니 이성적인 공론의 장이 되어야 할 SNS가 정치적 배설장으로 전락하고 만다.

물론 정치를 직접 하는 사람들이야 자신이 함께하는 리더가 권력이라도 잡으면 떡고물이 생길 기회가 있다. 하지만 그것도 아닌 보통 사람들에겐 누가 승자가 된들 내가 죽고 살 일이 생기지는 않는다. 그저 기분이 좋고 나쁜 정도이다.

이제는 국회의원이 된 조국 전 장관이 몇 년 전 재판을 받으러 갔을 때, 주차되어 있던 그의 차를 세차해 주던 지지자들의 모습이 아직도 기억이 난다. 집에서는 배우자의 차를 그렇게도 정성스럽게 세차해 주곤 할까 궁금했다.

정치인에게 쏟을 정성과 시간, 가족에게 쓰라

자기가 지지하는 정치인을 위해 많은 시간과 마음을 쏟는 사람들을 보노라면, 자기 가족들에게도 저만큼 정성을 쏟을까 하는 생각을 하곤 한다. 정작 자신에게 소중한 사람이 누구인가를 생각해 볼 필요가 있다. 뉴스에 나오는 저 멀리 있는 정치인이 아니라, 내 가까이에 있는 가족에게 그런 정성을 쏟는 것이 결국은 나를 위한 일이 되지 않을까.

좀 이기적인 얘기 같지만, 시간을 쏟아가면서 정치인들을 지지하는데 그렇게 열을 내봐야 내게는 한 톨의 쌀도 돌아오지 않는다. 살면서 만나는 수많은 사람들 가운데 나에게 잘해주는 사람이 최고다. 이 자명한 이치가 정치를 만나면 망각되어 사람들이 과열되곤 한다. 이제 내게는 그런 광경들이 무척 이상하게 보인다. 누구보다 자기 자신을 위한 삶을 살기를 권하고 싶다.

3부

투병의 터널,
생사의 고비를 넘기다

뇌종양 수술,
길었던 투병과 재활의 터널

2019년 2월 갑작스럽게 뇌종양 수술을 받게 됐다. 시간을 오래 끌면 돌연사할 수 있다는 의사 선생님의 얘기에 부랴부랴 수술일을 잡아 수술대에 올랐다. 그날의 수술은 내 인생의 전환점이 된다.

수술하고 나니
온몸에 폭탄을 맞았다

그나마 악성 종양은 아니라 다행이었지만, 종양의 위치가 아주 위험한 곳이었다. 뇌의 연수(숨골)에 종양이 생겼는데 사람의 생명과 관련된 중추신경들이 다 이곳을 지나고 있는 데다가 뇌 깊숙한 곳에 위치해 있다. 그러니 수술 과정에서 이곳의 신경들이 손상되면 정상적인 생활을 하기가 어렵게 된다. 그래서 양성 종양이지만, 임상적으로는 '악성'이라고 한다.

다행히도 수술이 잘되어 종양은 100% 제거했다. 하지만 상상하지 못했던 후유증들이 생겨났다. 온몸은 마치 폭탄을 맞은 것 같았다. 구강 전체가 마비되어 식도가 열리지 않으니 8개월 동안 목으로 물 한 모금 삼킬 수 없어 경관식을 해야 했다. 혀는 마비되어 내가 말을 해도 사람들이 알아듣지를 못했다.

'앉는 것이 목표'가 된
삶의 시간

무엇보다 무서운 것은 계속 의식을 잃고 실신을 하는 증상이었다. 수술로 혈압조절 기능에 이상이 생겨 피가 뇌로 제대로 가지 못하니 앉기만 해도 정신을 잃는 것이었다. 그때 의사 선생님은 "앉는 것을 목표로 합시다"라고 했다. 대체 '앉는 것이 목표인 삶'이라니, 그런 삶은 내 인생 계획표에 없었는데, 모든 상황을 내 것으로 담담히 받아들일 수밖에 없었다.

걷다가는 의식을 잃고 쓰러지니 병원 안에서 휠체어를 타고 이동을 하곤 했다. 평생 휠체어에 앉아 다녀야 하는 것인가, 평생 음식을 입으로 먹을 수 없는 것인가… 한치의 앞날을 알 수 없기에 걱정도 되었지만, 걱정한다고 달라지는 것은 없다.

땀 흘린 재활운동의 효과,
'기적'이라는 말을 듣다

나는 걱정할 시간에 재활운동에 모든 힘을 쏟았다. 병실의 다른 환자들은 몸이 힘드니, 운동도 하기 싫어하며 누워만 있으려 했다. 하지만 나는 운동치료 시간이면 환복이 땀으로 젖을 정도로 온 힘을 쏟았다. 정규 재활시간이 끝나면 혼자서 보충 운동을 하곤 했다.

환자수가 1,000명이 넘는 큰 재활병원에서 치료사들은 나에게 '재활의지가 환자들 가운데 최고'라는 말을 하곤 했다. 그런 필사적인 재활의 노력 덕분이었을 것이다. 내 몸의 상태는 빠르게 회복됐다. 재활 치료사들은 그런 내 모습을 보고는 '기적'과 같다고 했다. 그 위험한 숨골에 난 종양 수술을 하고 이렇게 빨리 정상의 모습을 찾아가는 환자는 처음 본다는 얘기를 들었다.

그렇게 했어도 8개월이라는 긴 시간을 병원에 입원해 있어야 했다. 다시 일어서기 위한 노력을 그렇게 하지 않았다면 그 시간은 훨씬 길어졌을 것이다. 갑자기 닥쳐온 병마를 우리가 피하기는 어렵다. 하지만 그 병마를 어떻게 대처하는가에 따라, 그러니까 투병과 재활의 의지에 따라서 많은 것이 달라질 수 있음을 경험했다.

가다가 엎어지면
다시 일어나 계속 가면 된다

병원에서 나온 이후로 새로운 두 번째 삶을 살기 위해 많은 것들을 해보았다. 문화예술공연들을 보러 참 많이 돌아다녔고, 좋은 산길로 트레킹을 다녔고, 생전 처음 마라톤 대회에 참가하기도 했다.

사연을 잘 모르는 사람들은 그런 모습을 보고는 그저 맹장 수술 정도 하고 회복되었다 할지도 모르겠다. 하지만 나로서는 생사를 건 투병의 시간이었고, 다시 일어서기까지 말로 다 표현하지 못할 노력을 기울였다. 그런 의지가 없었다면 오늘과 같이 활발하게 자기 일을 하는 모습은 불가능했을 것이다.

누구나 살다 보면 인생의 위기를 맞게 된다. 그것이 피할 수 없는 것이라면, 다시 일어서기 위한 의지와 노력을 기울이는 것이 내가 할 일이다. 가다가 엎어지면 다시 일어서서 계속 가면 된다. 그것이 인생이다.

가족이란
무엇인가

우리는 흔히 가족의 소중함을 말하곤 한다. 그러나 매일같이 보기에 일상이 돼버린 가족에게서 그런 소중한 마음이 새록새록 생겨나기는 쉽지 않다.

투병의 터널에서 발견한
가족의 힘

그 소중함은 알고 있지만, 막상 생활에서는 서로 마음을 상하게 만들기도 하고 다투기도 하는 것이 가족이라는 존재이다. 부부 사이도, 부모와 자식 사이도 다 마찬가지이다. 하지만 내게 가족이 어떤 의미인가는 삶의 어려움에 직면했을 때 피부로 느끼게 된다. 내가 뇌종양 수술을 하고 병상에서 투병 생활을 할 때 가장 힘이 됐던 것은 두말할 것 없이 가족이었다.

생사의 기로에 처한 남편을 어떻게든 살려내려고 온갖 고생을 마다하지 않았던 아내. 수술 전날에도 아내는 반신불수가 되는 한이 있더라도 어떻게든 살아남으라고 내게 신신당부했다. 살아남아 볼 수 있는 것과 죽어서 볼 수도 없고 만질 수도 없는 것은 하늘과 땅 차이라며.

기다리는 가족이 있었기에
병마를 이겨냈다

두 딸은 아빠가 아주 위험한 수술을 해야 한다는 얘기를 알고서는 눈물을 펑펑 쏟으며 울었다고 한다. 온 가족이 나를 살리기 위해 마음을 모았던 것이다.

수술을 받고 나니 온몸이 폭탄을 맞은 것 같이 만신창이가 됐다. 그래서 8개월이나 병원에서 생활을 해야 했다. 어떻게든 살아남고 다시 일어서려고 누구보다도 강한 재활의 의지를 갖고 노력을 했다. 내 몸을 망가뜨린 후유증을 견디고 극복하여 다시 집으로 돌아가고자 했다.

내가 다시 일어나 집으로 돌아오기를 간절히 기다리는 가족들이 있었기에, 그리고 그들을 사랑했기에, 나는 평온한 마음으로 병마를 견뎌냈고 열심히 재활의 노력을 기울일 수 있었다.

사랑만이
죽음보다 강한 것

생텍쥐페리의 『인간의 대지』에서 비행기 조종사 기요메는 눈 덮인 안데스산맥에 불시착하여 처절한 사투 끝에 구조된다. 생텍쥐페리는 기요메가 한 얘기를 전해준다.

"내가 살아 있다고 믿는다면, 아내는 내가 걷고 있으리라 생각하겠지. 동료들도 내가 걷고 있으리라 믿을 거야. 그들 모두 날 믿고 있어. 만일 내가 걷지 않는다면, 난 개 같은 놈이 되는 거야."

기요메는 절망 속에서 삶을 포기할 수도 있었지만, 자신을 믿고 기다리는 사람들을 위해 악착같이 걸었다. 내게는 그들이 가족이었다. 토마스 만은 소설 『마의 산』에서 "이성이 아니라, 사랑만이 죽음보다 강한 것"이라고 했다. 인간으로서의 존엄을 지킬 수 있는 나의 힘은 가족으로부터 나왔다.

인생 후반기로 갈수록
가족은 소중해진다

지금도 마찬가지이다. 내가 늙고 죽어갈 때 내 곁에 마지막까지 있을 사람은 결국 가족이다. 특히 인생의 말년이 될수록 가족과의 관계는 중요해진다.

그러니 젊었을 때부터 가족의 소중함을 생각하며 서로에게 잘할 일이다. 가족들 마음에 두고두고 상처로 남을 일은 하지 말고, 서로가 신뢰하는 관계를 위해 노력할 일이다. 이는 부부관계뿐만 아니라, 자식들과의 관계에서도 마찬가지이다. 자식으로부터 장차 존경과 믿음을 받을 수 있는 것만큼 행복한 일도 없다.

　가정이 안정되고 화평해야 사회에서의 일도 잘할 수 있
다. 마음의 안정을 가져오기 때문이다. 가정이 불화에 휩싸
여 마음이 엉망이 되면 밖에서 하는 일도 집중을 하기 어렵
게 된다. 인생 후반기 새 삶의 동력은 가족이 될 것임을 내다
보면서 가족과의 관계를 소중히 여길 일이다.

집안은 쫄딱 망했고
나는 결혼을 했다

기왕에 가족에 관한 얘기가 나왔으니 조금은 유난했던 결혼 시절의 얘기도 꺼내보자.

집안이 하루아침에
망해버렸다

특별히 고생을 하며 자라지는 않았다. 그런데 하루아침에 집안이 쫄딱 망하는 사태가 벌어졌다. 하필이면 내가 결혼해야 할 시기를 앞두고였다. 나보다 열 살 위였던 큰 형은 살면서 크고 작은 사고를 많이 쳤다.

내가 어렸을 때 몇 번씩이나 '돈사고'를 쳐서 어머니가 해결을 해주느라 이것저것 처분하던 것을 보았다. 나는 대학에 들어간 이후로는 집안에 대해 관심이 없었다. '운동권'이 됐던 내 관심은 세상일에 집중되었고 집은 그저 잠자러 들어가는 곳이었다. 그런데 내가 32살이었던 어느 날, 집안이 알거지가 되었다.

이미 한번 돈사고를 쳐서 감옥에 갔다 나온 큰형은 여전히 정신을 차리지 못한 채 감옥에서 더 나쁜 기술을 배워서 나왔다. 아버지의 인감으로 부모님과 내가 살고 있던 방배동 아파트를 담보로 고리의 사채를 일으켰음이 일이 터진 뒤에야 드러났다. 부모를 상대로 사기를 친 셈이었다. 아파트는 고스란히 남의 손으로 넘어가야 했다. 갈 곳 없는 알거지가 된 것이다.

장남의 역할을 하게 된 막내

노년이 된 부모님은 충격을 받아 거의 정신을 차리지 못했다. 작은형은 영국 지사에 있었고 그 집 또한 누님에게 맡겨

놓고 간 돈이 피해를 보게 됐다. 그러니 수습할 사람이라고
는 나밖에 없었다. 막내가 졸지에 장남의 역할을 하게 된 것
이다.

세상에 사기를 칠 사람이 없어서 가족들을 상대로 치다
니. 나는 큰형이라는 사람을 용서할 수가 없었다. 얼마 뒤에
그가 사기죄로 고소 당해서 감옥에 갔다는 소식을 들었다.
그 뒤로 소식은 듣지도 못했고 알려고 하지도 않았다.

여러 해가 지난 뒤 경찰서에서 전화가 왔다. 형님이 자살
을 해서 발견되었으니 와서 확인해달라는 것이었다. 달려가
서 시신을 확인했고 화장터로 가서 가루가 된 형을 뿌리는
데 눈물 한 방울 나지 않았다. 그가 남기고 간 수첩에는 온
갖 사채를 빌린 내역, 돌아오는 이자날을 적은 메모가 빽빽
이 채워져 있었다. 혼자서 그렇게 쫓기다가 스스로 생을 마
감한 것이다. 대체 그런 인생은 무엇이었을까. 허망하고 또 허
망했다.

집안이 망해버린
나와의 결혼을 선택한 아내

나는 하루아침에 쫄딱 망한 부모님이 지낼 곳을 마련해야 했다. 살고 있던 아파트를 급매로 넘기고 사채를 갚았다. 그러고는 약간 남은 돈에 주변 사람이 도와준 돈을 보태 가까스로 전세금을 마련했다.

발품을 팔아 이곳저곳을 다니고서야 경기도 광명의 언덕배기에 있는 조그만 빌라를 전세로 얻었다. 수중에 있는 돈을 모두 털어서 가능한 곳이었다. 하루아침에 방배동 아파트에서 광명의 허름하고 조그마한 빌라로 이사를 했지만 어쨌든 살 곳이 마련되었음이 다행이었다. 찬밥 더운밥을 가릴 처지가 아니었다.

문제는 나의 앞길이었다. 부모님은 내가 생활비를 대드리면서 어떻게든 그곳에서 살다가 여생을 마칠 것이다. 그런데 나는 아직 결혼도 하지 않았는데 알거지가 됐다. 누가 이런 처지의 나와 결혼을 하겠는가.

마침 그 무렵에 누군가의 소개로 만나고 있던 여성이 있었는데, 지금의 아내가 그 사람이다. 선배의 소개로 둘이 막 만나가고 있던 때였다. 나의 갑작스러운 프러포즈는 집이 망했다는 얘기와 함께 있었다. 갑자기 집이 망했는데, 혼자서는 어찌해볼 도리가 없다, 결혼해서 함께 다시 일궈봤으면 좋겠다. 그런 얘기를 했던 것 같다. 아마 지금처럼 생활이라는 것의 엄혹함을 알았다면 차마 그런 소리를 입 밖에 내지 못했을 것이다. 그때만 해도 돈 없이도 행복할 수 있다는, 비현실적인 생각을 하던 시절이니 꺼낼 수 있었던 얘기였다.

그래도 행복했던
신혼 시절

아내가 결혼하겠다고 화답을 하는 데는 그리 시간이 걸리지 않았다. 사람은 착해 보이긴 하지만, 특별히 사랑이라는 감정이 생길 시간도 없었고, 결혼을 해줘야할 책임의식이 있을 것도 없던 상태였다. 나중에서야 들은 얘기지만, 그때 "자기가 결혼하지 않으면 이 사람은 평생 결혼하지 못할 처지가 됐구나"라는 생각을 했다고 한다. 그 시절의 아내는 순도 100%의 순수한 마음으로 집안이 쫄딱 망해버린, 나이도 일곱 살 많은 남자와의 결혼을 결심했던 것이다.

부모님 전세 얻어드리고 나니 남아있는 돈이 얼마 되지 않아 은행에서 대출을 받아 30년 된 10평짜리 아파트 전세를 얻어 시작했다. 결혼하고 첫 여름 장마철이 되었는데 비가 많이 오니까 안방에 붙어있는 작은 베란다 천장에서 물이 뚝뚝 떨어지는 것이었다. 우리는 큰 대야를 받쳐놓고 빗물 떨어지는 것을 받아내며 그해 여름을 지냈다.

아내와의 결혼생활은 그렇게 시작됐다. 그러면서도 좋다고 주말이면 이곳저곳 손잡고 여행 다니고 함께 장 보러 다니며 행복한 신혼생활이라고 생각했으니, 젊다는 것은 겁나는 것이 없다는 말과 같은 말이었다. 그랬던 아내가 있었기에 오늘의 내가 있다고 해도 과언은 아니다.

병상에서의 8개월 투병,
잊을 수 없는 시간

수술을 하고 나서 오랜 기간 병상 생활을 해야 했다. 수술하고 얼마 지나면 집으로 돌아가는 건 줄 알았는데, 집에 다시 가기까지 8개월의 시간이 걸렸다.

갑작스러운 수술,
상상하지 못했던 후유증들

상상하지 못했던 후유증들이 생겨났기 때문에 고생을 많이 했다. 생명과 관련된 숨골을 지나는 중추신경들이 손상되어 혀가 마비되고 식도는 열리지 않고 혈압조절 기능에 문제가 생겨 걸핏하면 실신하는 상황이 계속됐다. 그래서 수술한 대학병원에서 2개월, 재활병원에서 6개월을 지내며 치료와 재활에 전념해야 했다.

수술을 끝내고 남들보다 중환자실에 오래 있는 동안 위험한 고비를 몇 번 넘기기도 했다고 들었다. 그래도 누구보다도 강한 투쟁과 재활 의지를 가졌기에 시간은 오래 걸렸지만 지금처럼 일상을 영위할 수 있을 정도로 회복이 될 수 있었다.

다시 일어서겠다는
재활의지가 낳은 빠른 회복

재활병원에 있는 동안 그렇게 위험한 위치의 수술을 하고서 나처럼 빠르게 회복되는 환자는 처음 본다는 소리를 들었다. 그것은 우연이 아니라, 어떻게든 다시 일어서겠다는 나의 의지가 만들어낸 결과이기도 했다. 가족들이 언제까지나 나를 돌봐야 하는 부담이 없어지도록 나 혼자서 생활을 할 수 있게 몸이 좋아지는 것이 급선무였다.

그래서 재활운동 시간이면 환복이 땀으로 흥건히 젖을

정도로 운동에 열심이었다. 다른 환자들은 정해진 시간에 운동 치료를 가는 것도 대부분 귀찮아해서 가족들과 씨름을 했다. 그러나 나는 남들보다 일찍 일어나서 개인운동을 했고, 정규 운동 시간이 끝나고 나서도 때론 보충 운동을 하곤 했다. 하루빨리 몸을 정상으로 만들겠다는 의지였다.

가장 힘들었지만
잊을 수 없는 투병의 시간

혈압 조절 기능이 원활하지 않아 극심한 기립성 저혈압으로 고생을 했다. 피가 뇌로 바로바로 가야 하는데 그렇지 못하니 의식을 잃고 쓰러지는 일이 생기곤 했다. 나는 운동 시간이면 치료사에게 "나를 가장 어지럽게 만드는 운동을 시켜달라"고 주문하며 그에 적응하려는 훈련을 계속했다. 치료사가 벨트로 내 허리를 안전하게 붙들어 잡고는 옥상까지 이어지는 7층 계단을 "하나, 둘! 하나, 둘!" 구호를 외치면서 오르는 훈련을 했다.

가장 큰 재활병원이라고 알려진 그곳에서 나는 '투병 의지가 가장 강한' 환자라는 소리를 듣곤 했다. 내 자신을 갈아 넣듯이 재활을 위해 땀을 흘리며 노력을 했다. 내 인생에서 가장 힘들었던 시간이었지만, 그래서 나는 그 시간을 평생 잊지 못한다.

긍정적인 삶의 태도가
고통을 견뎌내게 만들었다

그런 의지와 노력이 있었기에 생각보다 빠르게 몸이 좋아졌다. 퇴원할 수 없었던 이유 가운데 하나가 식도가 열리지 않는 연하장애로 식사 때마다 목에 튜브를 집어넣고 경관식을 해서였다. 이에 전신마취 후 두 차례의 보톡스 시술을 받았고, 그 결과 다행히 식도가 열리게 되어 8개월 만에 음식을 목으로 삼킬 수 있게 되었다. 이제 음식을 먹을 수 있게 되었으니 퇴원이 가능해져서 집으로 돌아갔다.

생사의 고비길에서 맞은 힘들었던 시간이었지만, 그래도 언제나 긍정적인 태도로 견뎌냈다. 왜 하필 내게 이런 고통스러운 병이 생겼나를 원망하지 않고, 그럴 시간에 조금이라도 몸을 좋게 만드는 재활 노력을 했다. 아내는 그런 나더러 "당신이 힘든 모습을 보이지 않으니 우리들도 힘들지 않아"라며

고마워했다. 물론 진짜 고마워했던 것은 남편을 살리겠다고
간병하느라 온갖 고생을 했던 아내를 보는 나였지만 말이다.

인생 여행이 된
'제주에서 한달살기'

병원에 있으면서 아내가 내게 했던 말이 있었다. "몸이 나아 퇴원하고 나면 제주에 가서 몇 달 요양을 하자." 오랜 병상 생활에 지쳤을 법한 남편을 위한 당근 같은 말이라고 생각했다.

요양과 재활을 위해 선택한
제주 한달살기

그런데 퇴원을 하고 얼마 뒤, 제주에서 한달살기를 실행에 옮기게 됐다. 재활을 위해서는 많이 걸어야 해서, 당시 살던 분당의 탄천길을 많이 걸었다. 그런데 11월에 들어가니 날이 차가워졌다. 따뜻한 서귀포로 가서 많이 걸어야겠다며 아내가 먼저 제주 한달살기 얘기를 꺼냈다.

그런데 난관이 있었다. 보톡스 시술로 식도가 열리기는 했지만, 약효가 떨어지면 다시 식도가 닫힐 수 있다. 어떻게 될지는 아무도 알 수가 없다. 제주에 갔는데 식도가 다시 닫혀버리면 어떡하나 하는 걱정이 있었다. 그래도 "괜찮을 거야"를 믿으며 떠나기로 결정했다.

목포까지 운전하고
배를 타는 대장정

한달살기는 며칠 제주여행 가는 것과는 달랐다. 한 달 동안 지낼 가성비가 좋고 위치가 편한 펜션을 찾아 계약을 했다. 한 달 동안 지내야 하니 갖고가야 할 살림살이들이 제법 되었다. 그래서 차 안에 짐을 가득 싣고 제주 가는 배를 타기 위해 목포까지 아내가 운전하면서 갔다. 당시 나는 운전을 할 몸 상태가 아니라서 목포까지 가는 것도, 제주 가는 배에 차를 싣고 내리는 것도, 제주항에서 서귀포 숙소까지 가는 것도, 모두 아내가 운전을 해야 했다.

말이 혼자서 운전이지, 그 먼 길을 혼자 운전하느라 힘들었던 아내는 숙소에 주차를 하자마자 탈진이 되어 방에 들어가 쓰러지다시피 했다. 그런 상황을 옆에서 지켜봐야만 하는 것도, 내가 빨리 더 회복되어야 할 이유였다.

아름다운 길을 많이 걸으니
몸이 빠르게 좋아졌다

가는 게 힘들었지만, 제주에서의 하루하루는 너무도 좋았다. 서귀포는 11월, 12월에도 따뜻해서 걷기에 너무 좋았다. 매일 아침을 먹고는 나가서 해 질 무렵까지 올레길과 숲길들을 걷고 또 걸었다. "요양인 줄 알았더니 전지훈련"이라는 소리가 내 입에서 나왔다.

내가 지치거나 힘들어한다 싶으면 아내는 저기까지만 가고는 맛있는 것 먹으러 가자면서 당근과 채찍을 번갈아가며 꺼냈다. 걷기를 끝내고 서귀포 올레시장에 들러 생선이랑 먹거리들을 사갖고 숙소에 들어가서 먹던 것도 더 없는 별미였다.

제주의 아름다운 풍광과 공기 속에서 마음껏 걸으니 몸이 빨리 회복되는 것이 느껴졌다. 걷는 것 조차도 힘들어했던 사람이 제주의 올레길들은 물론이고 오름들도 잘 오를 정도로 좋아졌다.

특히 숲에서 나오는 피톤치드가 뇌에 좋다고 해서 치유의 숲과 비자림 숲에 자주 갔다. 비자림에 가면 바닥에 떨어져 있는 비자나무 열매의 향이 뇌에 좋다고 해서 아내는 열심히 주워서 내게 주었다. 비자 열매 향을 많이 맡고 빨리 몸이 좋아지라며.

두고두고 기억에 남는
인생 여행이 되다

그렇게 걸으면서 제주의 구석구석을 다니다 보니 비로소 제주의 아름다움을 발견하게 됐다. 제주의 매력을 사람들이 많이 몰리는 관광지가 아니라 바닷가 올레길이나 한적한 마을을 걸으면서 새롭게 알게 되었다. 그 뒤로 몇 년 동안 시간만 되면 제주를 찾아가 걷는데 푹 빠져버렸다.

　그때 제주에서의 한달살기는 두고두고 잊을 수 없는 '인생여행'으로 기억되고 있다. 다시 새로 태어나는 여행이었으니 그럴 만도 했다. 지금도 제주에 가면 그때 한달살기 때의 일들을 얘기 나눈다. 여건이 된다면 제주에서 몇 달 정도 다시 살아보고 싶은 마음이 굴뚝 같다.

난생처음
마라톤대회에 참가하다

병원에서 나온 이후로 나는 살면서 새로운 경험들을 할 수 있는 곳들을 많이 찾아다녔다. 죽을 뻔하다가 살아났으니, 남은 인생의 시간 동안 이것저것 다 해보자는 마음이었을 것이다. 그 가운데 하나가 마라톤대회장이었다.

나이 60이 넘어
처음 참가한 마라톤대회

달리기를 좋아하지도 않고 달릴 일도 없는 나였지만 난생처음으로 마라톤대회에 출전한 것은 나이 60이 넘어 투병의 시간을 거친 이후였다. 병원에 입원해 있을 때는 자꾸 의식을 잃고 실신을 하는 일이 많아 휠체어를 타고 이동을 하곤 했다. 다시 일어서서 걸을 수 있을지조차 장담할 수 없었다.

병원에서 나왔지만 처음에는 걷는 것조차 힘든 몸이었다. 그런데 재활운동을 열심히 하면서 몸이 좋아질 무렵 좋은 러닝 크루들을 만나게 되어 함께 달리기 시작했다. 다리의 힘도, 심폐도 무척 힘들었지만 함께 달리는 행위가 주는 기쁨은 새로운 경험이었다. 크루들은 몸이 불편해서 느리게 달리는 나를 챙겨주면서 함께 달리는 길로 이끌어주었다.

수술 후유증으로 불편한 몸, 남들보다 힘들게 달렸다

달리기의 세계에 눈뜬 그해 여름, 저녁이면 한강변으로 가서 비 오듯 땀을 흘리면서 달리기 연습을 했고, 5km 정도는 쉬지 않고 달리는 수준까지 발전했다. 그런데 몸이 다시 악화되기 시작했다. 뇌수술에 따른 중추신경의 문제로 근육의 과도한 긴장이라는 희귀한 증상이 점차 심해졌다. 달리기도 어려웠고 운동량이 급감하게 되고 말았다.

그래서 2년간 달리기를 포기하고 지내야 했다. 그러나 달리고 싶다는 마음을 내려놓은 적은 없었다. 내게 달리기는 삶에 대한 자신감을 의미했다. 몸은 힘들지만 어떻게든 다른 크루들과 함께 달려서 자신의 건재함을 확인하고 싶었다.

내게 5km 완주는
하프 완주와 같은 것

그래서 다시 몸의 불편이 조금 덜해지자 다시 크루들과 달리기를 했고 서울시에서 하는 7979 러닝크루 같은 행사에 참여해서 함께 달리기도 했다. 물론 그래봐야 언제나 나는 5km 완주가 목표다. 달리면 몸통 근육들이 조여와서 많이 불편하고 호흡도 남들보다 힘들어진다. 러너들에게는 아무것도 아닌 5km이지만, 몸의 상태가 여러 가지로 불편한 내게는 10km나 하프 코스를 달리는 것만큼이나 힘든 일이었다.

그러니 나는 애당초 기록 같은 것을 의식하면서 달리지 않는다. 평소 자신의 페이스대로만 달리고 완주하면 다행으로 생각한다. 5km를 완주하고 나면 그래도 걱정했던 것보다는 내 몸이 여전히 쓸만함을 느끼는 자신감이 생기게 된다.

소설가 무라카미 하루키는 매일 달리기를 했고 마라톤 풀코스도 수십 차례 완주했던 러너였다. 하루키의 책『달리기를 말할 때 내가 하고 싶은 이야기』를 읽으면 그에게 달리기가 어떤 의미였던가를 이해하게 된다. “강물을 생각하려 한다. 구름을 생각하려 한다. 그러나 본질적인 면에 대해서는 아무것도 생각하고 있지 않다. 나는 소박하고 아담한 공백 속을, 정겨운 침묵 속을 그저 계속 달려가고 있다. 그 누가 뭐라고 해도, 그것은 여간 멋진 일이 아니다.”

독자들은 하루키가 문학과 함께 마라톤을 인생의 가장 중요한 성취이자 덕목으로 생각했음을 알게 된다. “나와 같은 러너에게 중요한 것은 하나하나의 결승점을 내 다리로 확실하게 완주해 가는 것이다. 혼신의 힘을 다했다, 참을 수 있는 한 참았다고 나 나름대로 납득하는 것에 있다.”

나와의 싸움에서
이기고 싶었다

하루키는 만약 자신의 묘비명 같은 것이 있다고 하면, 그리고 그 문구를 자신이 선택하는 게 가능하다면, 이렇게 써넣고 싶다며 책을 맺는다. "적어도 끝까지 걷지는 않았다."

하루키처럼 잘 달리는 러너는 아니었지만 나 또한 그랬다. 하루 종일 앉아서 글을 쓰는 일을 계속하기 위해 그만한 체력이 필요했다. 달리기를 통해 그런 체력을 키우고자 했다.

무엇보다 내게 달리기는 자신과의 싸움이었다. 겉으로 보기에는 병마로 인한 불편한 몸과의 싸움일지 모르지만, 본질은 달리면 힘든 나를 인내하는 나와의 싸움이었던 것이다. 그것은 내가 나에게 이겨야 되는 게임이었다. 나는 아직도 그렇게 자신과의 싸움을 계속하고 있다. 비록 남들처럼 빨리 달리지 못해 꼴찌로 들어오더라도 완주를 하는 것은 내게는 대단한 일인 것이다.

백록담을 눈앞에 두고 발길을 돌리다

2021년 가을에 제주도 성판악에 갔다. 이제 몸도 많이 회복이 되었으니 백록담까지는 아니어도 중간까지만 적당히 가자는 생각으로 아내와 함께 산행에 나섰다. 성판악 탐방로길을 오르는 과정은 복잡했다. 사전에 예약을 해야 했고, 조금만 늦게 가면 주차장이 만차가 되는지라 숙소에서 아침 5시 20분에 출발했다.

백록담을
오르겠다는 욕심

아침 6시 조금 넘어 산에 오르기 시작했는데 아직 산속 안개가 자욱했다. 그 이른 아침의 안개가 아침 산행의 운치를 더할 나위없이 높여주었다. 먼저 나오는 속밭 대피소에 도착하니 아침 7시 50분. 곧이어 사라오름 입구에 도착했다. 어디까지 갈지는 정해놓지 않았던 산행이었던지라, 지도상에 난이도 '상'으로 표시된 진달래밭 대피소까지 가기로 했다. 도착하니 오전 10시쯤. 대피소 앞 야외 의자에 앉아 준비해 온 김밥과 빵, 구운 계란 등을 먹으니 그렇게 맛있을 수가 없었다. 천국에 온 느낌이었다.

문제는 '필'이 받아 오늘 백록담까지 가자고 부부가 즉석에서 합의를 본 것. 거기까지 온 길이 너무 좋았고, 오르는데도 자신감이 붙어 누가 먼저라 할 것 없이 그리하기로 했다. 사실 아직 백록담까지 오를 체력은 되지 못해서 거기까지는 생각하지 않았는데, 난이도 상의 붉은 길 표시가 되어있는 진달래밭까지 잘 오르고 나니, '오늘 아니면 언제 백록담을 오르랴' 하며 브레이크 없는 질주를 하게 된 것이다.

백록담 50m 앞에서
체력이 바닥나다

지도에 난이도 '중'인 녹색으로 표시되어있던 것도 자신감을 고취시킨 요인이었다. 그런데 막상 백록담 올라가는 길은 상당히 힘들었다. 수술 후유증인 복부 근육의 강직으로 남들보다 산 오르는 게 힘든 나는, 이미 체력이 많이 소진되어 가다 쉬다를 반복했다. 그래도 백록담을 오르겠다는 일념으로 특유의 투혼을 발휘하여 천신만고 끝에 백록담 50m 앞 정도 지점까지 갔다.

그런데 이미 체력이 방전된 데다가 너무 갑자기 무리를 하고 높은 곳에 오르니 혈압이 떨어져 어지럼증이 가끔씩 생겼다. 오르다가 중간에 계단에 털썩 주저앉아 잠시 쉬는데 앉은 상태에서 잠깐 의식을 잃는 일도 있었다. 그쯤 되면 백록담을 포기하고 진즉에 하산했어야 했는데, 그날따라 눈에 뭐가 씌었는지 나도 아내도 과욕을 부렸다.

아직 완전하지 않은
몸임을 잊고 있었다

드디어 백록담이 눈앞에 왔다. 계단을 조금만 더 오르면 기어코 올라 투병을 이겨낸 '인간승리'를 외치고 싶었을 것이다.

하지만 그 지점부터 마지막 남은 계단을 한 걸음도 내디딜 수가 없었다. 아내에게는 당신이라도 가서 백록담을 찍으라고 해서 올려보내 놓고, 나는 혼자서 계속 오르려는 시도를 반복했지만 도저히 올라갈 힘이 더 이상 남아있지 않았다.

결국 나는 백록담을 포기했고, 백록담 정상에서 내 모습을 보던 아내는 바로 내려와서 나를 챙기기 시작했다. 수술 후 후유증으로 생겨난 기립성 저혈압 증상이 다 회복되었다고 생각했는데, 높은 산에서 지나친 무리를 하니까 아직 완전하지 않은 몸임이 드러난 것이다.

결국 나는 백록담을 눈앞에 둔 채 더 이상 감당하지 못하고 발길을 돌려야 했다. 눈물 나는 성판악 등반이었다. 문제는 이미 체력이 번아웃된 상태에서 일몰 전까지 산을 내려갈 수 있을까 하는 것이었다. 올라가는데만 매달리다가 내려갈 시간 계산까지 제대로 하지 못했던 것이다. 결국 성판악 관리사무소에 연락을 해서 진달래 대피소까지만 간신히 내려가 모노레일을 타고 입구까지 내려갈 수 있었다.

무모한 욕심, 자신의 상태를
냉정히 판단하는 지혜가 필요

자칫 조난 사고라도 당할지 몰랐던 무모한 산행이었다. 아직 투병으로부터 몸이 충분히 회복되지 못한 사람이 한라산을 너무 쉽게 생각하고 무리한 욕심을 냈던 것이다. 모노레일을 타고 관리사무소에 도착해서는 뇌수술과 심장수술을 한 사람은 한라산같이 높은 산을 오르는게 아니라고 소장님에게 훈계를 들었다.

백록담을 눈앞에 두고 포기한 것은 눈물이 날 정도로 아쉬웠다. 그래도 그 직전까지 올랐던 사실은, 자신의 체력이 어느 정도 회복되었음을 위안으로 삼게 했다. 백록담을 오른 것과 별 차이가 없는 셈이었다.

하지만 내가 가는 길이 무리라고 판단했을 때는 아쉽더라도 발길을 돌릴 줄 아는 것도 용기라는 생각을 했다. 인생 길에서도 마찬가지일 것이다. 언제나 자신이 가고 있는 길이 과욕은 아닌지, 겸손하고 냉정하게 자기가 서 있는 지점을 살필 줄 아는 지혜가 필요하다.

4부

정치평론가에서
문화평론가로

정치평론가에서
문화평론가로 변신하다

언론들은 나를 가리켜 흔히 '1세대 시사평론가'라고 소개한다. 20세기 말에 정치에 대해 글도 쓰고 방송활동도 시작했으니 30년가량의 세월 동안 '정치평론가' 소리를 들으며 살았다.

'문화평론가'라는
새로운 호칭

그런데 이제는 '문화평론가'라는 호칭이 내 칼럼의 필자 소개에 기재되는 경우가 점점 많아지고 있다. 현재 두 개의 언론 매체에 문화칼럼을 고정으로 연재하고 있으니 이제는 그런 소리를 들을 법도 하게 됐다. 내 사연을 아는 사람은 정치평론가에서 문화평론가로 변신한 스토리가 무척 흥미롭다는 말을 하기도 한다.

처음부터 무엇을 하겠다는 목표나 의도를 가졌던 일은 아니었다. 오랜 시간 투병과 재활의 터널을 거치면서 예술로부터 많은 위로를 받았다. 그래서 병원에서 나온 이후로 몸이 회복되면서 공연장과 전시장을 찾아다니며 다양한 장르의 문화예술 작품들을 접하기 시작했다.

예술로부터 받았던 위로,
함께 나누고 싶었다

몸은 여전히 불편한 내게 예술이 주는 위로와 치유의 힘은 무척 컸다. 연주 속에, 그림 속에 나의 얘기가 담겨있었다. 슬프고 고통스러워도 아름다울 수 있는 예술의 힘은 내 영혼에도 힘을 불어넣어 주었다.

요즘은 SNS에 글을 써도 사람들이 많이 알게 된다. 페이스북에 예술작품들에 대한 감흥을 올리곤 했더니, 아예 문화칼럼을 연재해달라는 요청이 언론으로부터 들어오기 시작했다. 그래서 〈여성신문〉에 몇 년째 문화칼럼을 연재하고 있고, 문화예술 전문 매체인 〈한경 arte〉에도 문화칼럼을 연재하고 있다.

사실 과거의 나는 정치 얘기만 하면서 살아왔기에 문화예술에 대해서는 늦깎이 초보자인 셈이다. 하지만 늦은만큼 더욱 문화예술의 매력에 푹 빠져 좋아하게 되면서 다양한 작품들을 듣고 보려고 많이 찾아다니고, 그에 관한 책과 자료들을 살피며 공부도 많이 하곤 했다.

예술 늦깎이의 무모했던 시도,
노력하니 인정받더라

사실 문화예술의 각 분야마다 오랜 연륜과 깊은 식견을 가진 전문가들이 많다. 그러니 내가 감히 문화칼럼을 쓴다는 것이 무모한 일이라는 생각을 할 수도 있었다.

하지만 나만의 글을 쓰고 싶었다. 예술의 여러 장르를 넘나들면서 우리들의 삶에 대한 얘기를 해나가는 것, 아마도 그것은 내가 할 수 있으리라 생각했다. 가보지 않았던 길을 가는데는 언제나 어려움이 따른다. 문장 하나를 제대로 쓰기 위해 많은 자료들을 읽어 나갔고, 오래 앉아 있으면 불편해지는 몸을 갖고 글을 쓰기 위해 작품을 두 번, 세 번 보는 일도 흔히 있었다.

그 과정은 제법 힘들었지만, 내가 쓴 글이 많은 독자들에게 읽히는 문화칼럼으로 자리잡은 것은 필자에게 가장 큰 보람이었다.

나이 들어서도 인생의
새로운 길을 만들 수 있다

나이 60이 넘어서 시작된 과정이었다. 문화예술의 세계에 눈뜬 것도, 단지 개인적인 즐기기가 아니라 많은 독자들과 공유하게 되기까지 3년 가까운 시간이 걸렸다. 흔히 인생 2막을 말하지만, 자신의 새로운 길을 만들어 가는 일은 나이와는 상관이 없는 일이다.

나는 아직도 꿈을 갖고 있다. 이제 문화평론가라는 소리를 듣게 된 이상, 더 많은 사람들이 문화예술을 향유하는데

일조하고 싶다. 공연장에 앉아서 관람을 하다보면 "이렇게 좋은 공연을 더 많은 사람이 볼 수 있으면 얼마나 좋을까" 하는 생각이 든다.

돈이 없어서, 시간이 없어서, 혹은 이런저런 여건이 안 되어 문화예술을 향유하지 못하는 사람들에게 글을 통해 다리 역할을 하고 싶기도 하고, 다른 가능한 역할도 생각해 보고 싶다. 그래서 문화예술이 '그들만의 리그'가 되지 않도록 내 인생 후반기의 열정을 쏟고 싶은 생각이다.

인생이 끝난 줄 알았는데
끝나지 않았다

2019년 2월 뇌종양 수술을 하고 났을 때 온몸이 마치 폭탄을 맞은 것 같았다. 무엇 하나 성한 구석이 남아있지 않았다. 오직 살아남는 것만이 목표였던 그 시간, 다시 살아난다 해도 모든 것은 끝난 것으로 생각했다.

만신창이가 된 몸,
모든 것은 끝났다고 생각했다

실제로 당시 문병을 왔던 지인들 가운데는 "이제 다시 일어서기는 어려울 것 같다"는 걱정을 했다는 사람들이 있었다.

혀가 마비되었으니 평생 해오던 방송을 하는 것도 불가능하게 됐다. 평생 해오던 생업을 접어야 할 판이었다. 당장 식도가 열리지 않아 식사 때면 튜브를 식도로 집어넣고 경관식을 해야 했으니 병원에서 나가도 어디 돌아다닐 수도 없을 것 같았다. 아, 이제 세상 속에서 나의 일들은 모두 끝났구나. 회복하면 이제는 조용한 곳으로 가 살면서 가족들과 여생을 보내는 삶을 살게 될 것으로 생각했다.

그런데 사람의 앞은 참 미리 내다보기가 어렵다. 뇌종양 같은 무서운 병마가 내 삶을 흔들어 놓으리라고는 상상도 못 했듯이, 다 끝난 걸로 생각했던 내가 지금처럼 많은 일들을 하게 될 것 또한 상상하지 못했던 일이다.

방송에서 은퇴하니
글 쓰는 일이 늘어났다

혀는 많이 회복되었지만 여전히 약해서 지금까지도 발음이 살짝 어눌하다. 그러니 방송에서는 은퇴하게 됐다. 퇴원하고 몇 번 방송 출연을 해봤지만, 오래가지 못했다. 미련을 갖다가는 스트레스를 너무 받을 것 같아서 마음을 내려놓았다.

대신 과거처럼 방송사들을 오가는 시간에 노트북과 책을 펴놓고 앉아 있었다. 엉덩이를 오래 붙이고 앉아 있으니, 글들이 좋아졌다. 많이 읽고, 많이 생각하고, 공들여서 쓸 수 있으니 그러했다.

어떻게들 알았는지, 언론매체들에서 칼럼 연재 요청이 하나씩 들어왔다. 그래서 지금은 9개 언론에서 고정 칼럼을 연재하고 있다. 격주로 쓰는 칼럼들도 있고 분량이 긴 글도 있다 보니, 마감일에 맞춰 글을 쓰다 보면 한 달이 훌쩍 지나가곤 한다.

새로운 세계의 일들이 꼬리를 문다

무엇보다 커다란 변화는 평생 정치평론만 했던 내가 문화칼럼을 쓰고 있는 것이다. 생사의 고비를 넘긴 이후로 인생관이 달라졌고, 문화예술의 세계를 많이 접하고 공부도 하더니 몇 군데 매체에서 문화칼럼을 쓰고 있다. 지난해에는 난생처음으로 문화예술에 대한 책도 냈다.

방송 출연을 안 하니 수입은 줄었지만, 오히려 건강했을 때보다도 왕성한 활동을 하고 있고 쓰는 글들의 질이 좋아졌음을 스스로 느낀다. 그런 자신의 모습에 감사해하며 만족해하고 있다. 이렇게 다시 일어서서 자기 일을 마음껏 하고 있으니 얼마나 고마운 일인가. 그러니 더 좋은 글을 쓰기 위해 항상 준비하고 공부하는 자세를 잃지 않으려 하고 있다.

지난해부터는 사찰에서 하는 템플스테이를 순례하며 조계종 산하 한국불교문화사업단에서 발간하는 계간지에 템플스테이 체험기를 연재하고 있다. 내가 이런 영역의 일을 하리라고는 상상도 하지 못했던 일들이 꼬리에 꼬리를 문다.

인생에는 끝이 없다,
나의 끝을 예단하지 말자

수술을 받고 나서 모든 것이 끝난 줄 알았는데 끝난 게 아니었다. 오히려 이다음에는 어떤 새로운 세계를 만나게 될까, 궁금하기도 하다.

물론 돌아보면 그냥 얻어진 것은 아니었다. 건강을 잃고 몸이 불편해진 것에 낙담하고 지냈다면 진짜로 끝났을지도 모르는 인생이었다. 그러나 어떻게든 다시 일어서서 나의 길을 만들어 가려고 최선을 다해 노력했다.

그랬더니 끝인 줄 알았던 지점이 새롭게 다시 시작하는 지점이 되었다. 이제는 끝났다는 생각이 들 때 낙담하거나 포기하지 말고 다시 시작할 수 있는 끈질긴 용기가 필요하다. 내가 서 있는 지점이 끝인지, 또 다른 시작인지는 최선을 다한 이후에 자연스럽게 판명되는 일이니 지레 예단할 필요가 없다.

투병의 터널 안에서
나는 송두리째 바뀌었다

내가 페북에 포스팅을 할 때 투병의 시간과 관련된 얘기를 꺼내는 경우가 자주 있다. 지금 내 삶의 많은 부분이 그 시간과 맞물려 있는 것은, 뇌종양 진단에서부터 수술과 투병, 재활을 거친 과정이 내 인생의 최대 사건이었기 때문이다. 내 인생은 수술 이전과 이후로 나뉘어 진다고 해도 과장된 말이 아니다. 그 시간 이후 내 삶의 많은 것들이 달라졌다.

1. 마음이 편해졌다. 더 이상 무엇이 되려고, 무엇을 성취하려고 기를 쓰려는 생각 자체가 없어졌기에 그냥 편하다. 그래서일까. 오랜만에 보는 사람들은, 얼굴이 참 편해 보인다는 덕담을 많이 한다.

2. 운동이 생활이 되었다. 매일 하루 1시간 반에서 2시간 정도는 헬스장에 가서 운동을 한다. 이번 백록담 등반 때 고생했듯이 후유증이 아직 완전히 회복되지는 못했지만, 수술 이전에 비해 오히려 근력을 비롯한 체력은 훨씬 강해졌다. 역시 오랜만에 보는 사람들은 한결같이 너무 젊어 보인다며 놀란다. 전혀 아팠던 사람 같지 않다고들 말한다. 아직도 철이 안 들어서일까… 그보다는 운동을 열심히 한 덕분인 것 같다. 물론 긍정적이었던 삶의 태도도 한몫했을 것 같다.

3. 식생활이 달라졌다. 햄, 튀김 같이 자극적인 음식을 좋아하던 식성이 많이 달라져서 비건식을 자주 즐긴다. 예전에는 심심하게 느껴졌던 나물, 두부, 버섯 같은 천연 식재료로 만든 음식들의 맛을 알게 되었다. 워낙 빵을 좋아해서 그 부분은 타협하고 있지만, 이제는 건강한 식성으로 많이 변했다.

4. 좋은 길 걷는 것을 좋아하게 되었다. 걸을 수 있는 것의 고마움과 행복함을 알게 된 이후부터였다. 제주 올레길이든, 강원도 숲길이든, 동네 탄천길이든, 걷는 것이 참 좋아졌다. 혹 마음이 가라앉으려고 할 때 밖에 나가 걷다 보면 다시 긍정적인 마음으로 바뀜을 느끼게 된다. 그러니 좋은 길 걷기를 좋아하는 사람은 삶에 활력이 생겨난다. 아내는 원래부

터 좋은 길 걷기를 좋아했는데, 이렇게 되니 부부가 같이 이곳저곳 다니며 함께 걷는 것을 즐기게 되었다. 인생의 후반기에 부부가 함께할 수 있는 것들이 많아진다는 것은 무척 다행스러운 일이다.

5. 하고 싶은 것을 미루지 않고 하곤 한다. 여행을 가고 싶으면 여행을, 공연을 가고 싶으면 공연을 가고, 영화를 보고 싶으면 영화를 보고, 책을 읽고 싶으면 책을 읽는다. 자기가 좋아하는 것들을 지키고 스스로를 돌보는 부지런함은 삶의 만족도를 높여준다. 물론 건강을 돌보기 위해 반(半)은퇴자의 생활 환경으로 바뀌었기에 가능한 것이기도 하다. 한창 쫓기며 일할 때는 엄두도 내지 못했던 것들을 많이 할 수 있게 되었다.

투병 이후 달라진 많은 것들은 결국 '나'라는 존재로 향하고 모아진다는 생각이다. 서머싯 몸의 『인간의 굴레』에서 주인공 필립은 이런 말을 한다.

"인생에는 아무런 의미가 없었다. 인간의 삶에 무슨 목적이 있는 것이 아니다."

그렇다. 우리 삶에는 모두가 따라야 할 어떤 객관적이고 당위적인 의미가 있다고 생각하지 않는다. 누구에게든 이렇게 살아야 한다고 정해진 것은 없고, 모두에게 적용되는 보편적 삶의 의미도 없다. 저마다 자기 색깔의 삶을 살아갈 때 비로소 자유로운 삶을 누릴 수 있을 것이다.

세상 속에서 자기의 존재를 확인하며 성취감을 느끼는 삶이 있을 것이고, 반대로 자기 속에서 삶의 행복을 느끼는 삶이 있을 것이다. 사람마다 살아가는 방식은 다르지만, 자기로 태어나서 세상으로 나갔다가 마지막에 다시 자기로 돌아오는 과정이 삶의 순리라는 생각이다. 투병 이후 그 순리의 궤도에 들어선 것 같다. 그러니 투병 이후로 내 삶이 달라졌다는 말이 맞을 것이다.

임영웅 콘서트를 보러
KTX 타고 대구에 갔던 사연

병원에서 나온 이후로 문화예술의 세계에 눈을 뜨면서 시간만 나면 공연장을 다녔다. 장르 불문이었지만 음악에서는 클래식과 오페라 공연을 많이 다녔다.

어렵게 '취켓팅'에 성공해서
기차를 탔다

그러던 어느 날 갑자기 임영웅 공연을 보러 KTX 타고 대구까지 갔다. 평소 대중음악을 해온 사람들이 임영웅의 노래를 높이 평가하는 얘기를 듣고는 관심이 갔다. 트로트에는 관심이 없던 나였지만, 우연히 유튜브에서 임영웅의 노래를 듣고는 다른 트로트 가수들과는 다르다는 생각을 갖게 되었다. 그래서 직접 관람의 기회를 가져야겠다고 마음먹었다.

하지만 임영웅의 콘서트장에 가기 위해 티켓팅을 하는 일은 무척 어려웠다. 〈임영웅 콘서트 IM HERO TOUR 2023〉이 서울을 시작으로 대구, 부산, 대전, 광주를 거치며 2024년 초까지 계속 되었지만 일찌감치 전일 전석이 매진 상태였다.

티켓팅에는 이력이 붙은 나였지만 난감했다. 직접 관람할 기회를 잡지 못하다가 대구 엑스코 공연을 앞두고 수없이 예매 사이트를 들락거린 끝에 '취켓팅'(취소표 티켓팅)에 성공하여 11월 24일 기차를 타고 대구에 가서 마침내 임영웅을 직접 보고 들을 수 있었다.

임영웅은
노래를 잘하는 가수

한마디로 노래를 잘하는 가수였다. 흔히 트로트 가수들이 하는 과장된 '꺾기'같은 창법이나 기교 없이, 그냥 옆사람과 얘기하듯이 노래를 부른다. 그러니 듣기가 참 편하다. 임영웅은 이미 트로트 가수가 아니었다. 발라드, 모던락, 장르의 구분을 넘어서서 자신의 음악세계를 넓히고 있는 음악인이었다.

그래서 그날 공연을 보고는 돌아와서 〈여성신문〉에 연재하는 나의 문화칼럼에 임영웅 얘기를 쓰기도 했고, 내가 문화예술 분야에서 처음 낸 책『오십에 처음 만나는 예술』에 임영웅 얘기를 별도의 한 꼭지로 넣었다.

고단했던 삶에
위로를 주는 가수

그날 공연장에서 직접 보니까 사람이 좋다는 느낌이 전해졌다. 특히 장년세대 부모 관객들의 마음을 알고 있는 듯한 위로의 얘기와 노래를 들으니 우리 시대의 효자라는 생각이 들었다. "아프다 말도 못 하는 사람 이제는 내가 지켜줄게/ 어린아이로 돌아가 버린 사랑하는 내 아버지/ 사랑해요 내 아버지"('아버지') 이 노래는 자식들을 위해 힘든 인생을 살아온 부모들에게 더없는 위로를 주고 있었다. 자신들의 마음을 이렇게 헤아려주니 부모들에게 이런 효자가 어디 있겠는가.

특히 장년 세대들이 임영웅의 노래를 들으면서 가슴이 찡해지는 것은 고단했던 삶에 대한 위로와 힘을 주기 때문이다. "거친 세상이지만 나를 믿고 가오"('HERO'), "언제든 내 곁에 쉬어가요"('모래 알갱이')라는 그의 노래는 결코 쉽지 않은 세월을 살아온 사람들에 대한 치유의 힘을 발휘한다. 나이가 들수록 과장된 기교보다는 순수한 마음이 전해질 때, 마음에 울림이 생김을 느끼게 된다.

임영웅은 우리 시대의 '문화 대통령'이더라

임영웅이 노래를 부르며 그 넓은 공연장을 한 바퀴 돌던 때의 광경이 눈에 선하다. 임영웅이 내미는 손을 잡으려던 부모 세대 관객들의 모습을 보니, 그날 공연장에서만큼은 임영웅이 '문화 대통령'이었다.

어쩌면 가족에게서도, 정치에서도 받지 못했던 위로와 치유의 말들을 임영웅에게서 받고들 있는지 모르겠다. 임영웅이 자신의 발전을 위한 노력을 계속한다면 우리 음악사의 거목이 되리라는 예감이 드는 공연이었다.

돌아와서 나도 영웅시대에 가입했다. 그리고 임영웅을 주 내용으로 전직 기자분이 운영하는 〈젊은할배〉 유튜브에도 출연하게 된 것은 고맙고 새로운 경험이었다. 임영웅이 다시 공연을 하면 나는 그 어려운 티켓팅에 참전할 생각이다. 트로트 가수라는 선입견과 편견을 깬 것이 내게는 무척 다행스러운 일이었다.

여성들이 많은 곳을
찾아다니는 남자

내가 찾아다니는 곳들에는 여성들이 많다. 그것도 압도적으로. 여성들이 많은 곳을 찾아다닌다니, 이게 무슨 소리인가 할지 모르겠다.

문화가 있는 장소에는
여성들이 압도적으로 많다

내가 이제는 문화와 관련된 장소들을 많이 다니는데, 언제나 그런 곳에서는 남녀의 성비율이 큰 차이가 남을 발견하게 된다는 얘기이다. 미술 갤러리나 전시회장에 가도, 연주회-오페라-뮤지컬-연극을 망라한 공연장들에 가도, 그리고 근래 들어서 자주 다니는 템플스테이에 가도 여성의 비율이 남성에 비해 훨씬 많다.

어떤 날은 전시회장에 갔는데 사방에 거의 전부가 여성 관람객들만 있는 경우도 있었다. 공연장 좌석의 좌우로 여성이 앉아있는 경우가 대부분이기도 하다. 템플스테이 경우도 사색의 시간을 갖는 정적인 프로그램이어서 그런지 여성 참가자들이 많곤 하다.

여성들이 많은 공간이
이제는 익숙하다

여성들 속에서 몇 안 되는 남성으로 문화를 향유하더라도 조금도 어색함이 없다. 이제는 익숙해졌고 당연한 상황처럼 받아들여지기도 한다. 다만 궁금한 것은 있다. 문화를 향유하는데 있어서 남녀의 차이가 어째서 이토록 극명하게 나타나는 것일까.

남성과 여성 사이에는 자신의 마음을 관리하고 성장시키

는 방식과 문화의 차이가 있는 것 같다. 문화의 현장들에 여성들이 많은 것은, 여성의 경우 자기에 집중하여 자신을 찾는 것에 대한 욕구가 강하기 때문이 아닐까 싶다. 아직도 여러 환경이 여성들에게는 자기 상실의 허망함에 갇힐 수 있는 현실이기에, 여성들은 그런 시간을 가지면서 잃어버린 자신을 찾고자 하는 것이 아닐까.

자기를 돌보는 남녀의 방식의
차이는 무엇일까

물론 남성들도 여러가지 책임을 껴안고 스트레스를 받는 시대이다. 그런데 남성들은 술자리나 사람들과 얘기를 나누면서, 혹은 등산이나 운동 같은 액티브한 방식으로, 그런 스트레스를 푸는 방식의 차이가 있는 듯하다.

이는 어느 것이 좋고 나쁘고 하는 문제는 아닐 것이다. 남녀의 특성에 따른 문화의 차이에 기인하는 것이기 때문이다.

다만 나도 남성이지만, 우리 남성들도 문화에 더 관심을 가지면서 자신을 돌보는 시간을 많이 가졌으면 하는 바람은 있다. 문화는 그냥 즐기는 것으로 지나가는 것이 아니라, 자신의 삶을 돌아보고 키우는 힘의 바탕이 될 수 있다. 문화예술이 다루고 있는 내용들이 결국은 우리 삶에 관한 것들이기 때문이다.

남성들도 문화를
많이 향유했으면 하는 바람

자신의 내면을 키우는 데는 각자 다양한 방식이 있을 것이다. 남성들도 여성들이 좋아하는 문화를 향유하다 보면 배우자든 연인이든 서로를 더 잘 이해하게 되는 점도 있다.

나는 여성 호르몬이 많은 것 아닌가 생각이 들 때가 있다. 가족들도 농반진반으로 그런 얘기들을 하곤 한다. 가족 가운데 나 빼고는 다 여자들이어서 그런지, 대체로 여자들의 정서와 비슷한 경우들이 많다. 특히 가부장적인 '꼰대' 남성들에 대한 혐오가 강하다. 집에서도 다른 집의 그런 사례들 얘기가 나오면 함께 욕을 하곤 한다. 나는 페미니즘을 이론적으로는 너무 어려워서 여전히 잘 모르는데, 그냥 남녀 갈등 시에 여자 편을 드는 경우가 많은 편이다. 경험적으로 여자가 말하는 방향이 옳은 경우가 훨씬 많기도 하다.

　여성들이 많은 장소에서 여성들 속에서 문화를 접하고 다니니 여성호르몬이 많아지는 것 같기도 하다. 아내는 가족이 다들 여자니까 나에게 이제 언니, 동생 맺자고 한다.

슬픔 없는 사람이
어디 있으랴

지난해 가을이었던가. 공연장에 가서 바이올리니스트 양인모와 베를린 바로크 솔리스텐의 연주로 요한 제바스티안 바흐의 '바이올린 협주곡 제2번'을 들었다. 이 곡의 백미는 너무도 서정적인 2악장이다. 2악장 아다지오에서 애절하고도 우수에 젖은 서정적 선율이 고요하게 흘렀다. 그 선율이 가슴을 적셔 눈물이 날 것만 같았다.

음악 연주를 듣다가
눈물이 날 것 같은 이유

음악을 좋아하는 사람이라면 연주를 듣다가 눈물이 날 것 같다는 의미가 무엇인지를 이해할 것이다. 연주되는 선율이 자신의 마음을 알아주고 있다는, 그래서 위로받고 있다는 생각이 솟구쳐 오를 때 종종 있는 일이다.

예를 들어 구스타프 말러 자신의 고독을 노래한 가곡 '나는 세상에서 잊혀졌네'를 들을 때도 비슷한 느낌이 들곤 한다.

"나는 세상에서 잊혀졌네/ 내 많은 세월을 보냈던 곳에서/ 이제 누구도 내게 귀 기울이지 않으니/ 나는 죽은 것이나 다름없지 않은가!… 나는 세상의 혼잡함으로부터 죽어/ 고요한 나라에 누워 있네!/ 나는 나의 천국에서 홀로 사노니/ 내 사랑 안에서, 내 노래 안에서!"

슬픈 노래인데도 너무도 아름답게 들린다. 이럴 때면 나는 슬픔이 이렇게 아름다워도 되는 것인가를 생각하곤 한다.

힘들고 슬픈 기억은
누구에게나 있다

음악이든 미술이든, 어떤 예술의 장르를 막론하고 삶의 슬픔을 다룬 작품들이 마음에 울림을 주는 것은 우리들의 삶 속에 슬픔의 정서가 내재되어 있기 때문이다. 아무리 겉으로는 행복해 보이고, 나는 행복하다고 외치는 사람조차도 존재론적인 슬픔에서 벗어날 수는 없다. 세상에 힘들지 않은 사람은 없다.

나만 해도 그렇다. 겉으로는 무엇 하나 아쉬울 것 없고 행복해 보일지 모르지만, 심연 속에는 툭 건드리면 터져 나올 것만 같은 어떤 슬픔의 정서가 쌓여있음을 나는 알고 있다. 나라고 인생의 고비 고비에서 슬픈 사연들이 왜 없겠는가. 다만 참고 견디고 다스리며 그것을 눈에 띄지 않는 깊은 곳에 감추어둘 뿐이다. 그래야 살아갈 수 있기 때문이다.

슬픔은 우리를
성숙시킨다

아마도 우리 대부분이 그럴 것이다. 인생을 살아오면서 깊은 슬픔을 맞닥뜨리지 않은 사람은 없을 것이다. 저마다의 사연들이 있다. 사람마다 슬픔의 깊이와 강도는 다르겠지만, 누구나 마음 깊은 곳에 슬픔의 기억을 안고 살아간다.

슬픔을 모르는 사람은 성숙하기 어렵다. 인간을 성숙시키는 것은 기쁘고 즐겁기만 한 환희의 정서가 아니라 힘들고 슬픈 정서이다. 힘들고 슬픈 것이 무엇인가를 이해하는 것은 자기 자신뿐만 아니라 타인들의 마음을 이해하고 배려하는 일과 맞물려 있기 때문이다.

불멸의 걸작을 남겼던 철학자, 예술가들 가운데 많은 사람들이 누구보다도 깊은 고통과 슬픔을 겪었던 이들이었다. 고통과 슬픔은 우리가 원하는 바는 결코 아니지만, 피할 수 없다면 인간을 성숙시켜 주는 과정이 되기도 한다.

슬픔을 견뎌내서
강하고도 깊은 내가 되기를

그러니 슬픈 것이 나쁜 것만은 아니다. 슬픔의 기억 속에서 우리는 인간으로서 더 성장하고, 슬픔을 견뎌내면서 더욱 강한 존재가 될 수 있다. 그래서 예술이 인간의 슬픔을 저토록 아름답게 들려주는 데는 그만한 이유가 있다는 생각을 하게 된다. 슬픔을 잊지 않되 그 슬픔에 갇히지 않고 견뎌내는 인간의 모습은 얼마나 아름다운가. 그러니 음악은 슬픔을 그렇게 아름답게 표현해도 될 일이다.

그런 음악을 듣는 날이면, 힘들고 슬픈 삶의 사연들을 견뎌내며 강하고도 깊고 넓은 사람으로 성장해야겠다는 생각을 하게 된다.

5부

인생의 후반부,
내가 원하는 삶을 위해

인생의 시련을 넘어서는
내면의 힘

인생을 살면서 무탈하기란 쉽지 않다. 자기 자신이든 가족이든, 예고 없이 닥쳐오는 재앙에 직면하는 것은 누구나 흔히 겪는 일이다.

여러 차례 닥쳐온
위기의 상황들

나도 그랬었다. 지금은 그래도 안정적으로 살고 가정도 평화로우니 더 바랄 것이 없어 보이지만, 인생이 바닥까지 추락했던 상황을 여러 차례 겪었다. 30대 초반 결혼을 앞두고는 집안이 망해버려서 은행 대출을 받아 허름한 전세를 얻어 간신히 결혼식을 할 수 있었다. 아무것도 가진 것 없이 맨손으로 시작한 결혼 생활이었고 게다가 나이 든 부모님 봉양까지 해야 했다.

정치적 외풍을 많이 타는 시사평론가 생활을 오래 했기에 정권이 바뀔 때마다 '우리 편'이 아니라는 이유로 방송에서 배제되는 곤욕을 치렀다. 이명박 정부가 들어서고 난 2008년 무렵에는 고정으로 출연하던 많은 방송들에서 일제히 퇴출당해 생계를 위협받을 정도가 됐다.

뇌종양 수술의 사투,
그래도 다시 일어섰다

가장 큰 인생의 위기는 갑작스럽게 발견된 뇌종양 때문에 위험한 수술을 하게 되어 생사의 기로에 섰던 일이다. 아직은 활발히 일해야 할 50대의 끝 무렵에 긴 투병과 재활의 사투를 벌여야 했다. 그때 사회 속에서의 일은 더 이상 불가능할 것으로 생각했다.

이것 말고도 크고 작은 어려움들이 있곤 했지만, 이제 와서 돌아보면 인생에 닥친 시련들을 잘 견뎌내고 오늘 나름대로 행복한 마음으로 살아가고 있음을 발견하게 된다. 개인적으로는 감회가 남다를 수밖에 없다. 시련에 봉착했을 때 주저앉거나 엉뚱한 길로 갔다면 내 인생은 정말 어떻게 돼버렸을지 알 수 없는 일이다.

긍정적으로 생각하는
내면의 힘

그런데 다행히 운이 좋아서였는지, 인생의 위기들을 잘 극복하고 나이 들어서 평온한 마음으로 잘 살아가고 있다. 운이 좋다는 표현을 쓰기는 했지만, 사실 중요한 것은 자기 내면의 힘이다.

어려움 앞에서도 흔들리지 않고 평정심을 지키면서 긍정적인 태도로 자기 길을 가는 태도야말로 시련을 이겨내는 데 가장 큰 힘이 된다. 자기가 자기를 믿어야 어려움을 이겨내고 가족들이 힘을 합해서 다시 일어설 수 있다. 특히 부부는 인생의 시련 앞에서 동지가 되어야 한다. 부부가 한마음으로 힘을 합해야 수렁 속으로 빠져들지 않고 탈출할 수 있는 지혜와 힘이 생긴다.

어떻게 해야 그런 내면의 힘이 가능해지냐고? 우선은 삶에 대한 긍정적인 태도를 갖는 것이 중요하다. 나는 위험한 수술로 생사의 기로에 서고, 수술 후유증으로 폭탄 맞은 것 같은 몸이 되었을 때도 결코 비관하지 않았다.

결과에 상관없이
최선을 다하는 것이 중요하다

왜 하필이면 내게 이런 병마가 생겼냐고 원망한다고 달라질 것은 아무것도 없다. 다시 일어서기 위해 재활운동을 땀 흘려가며 열심히 하는 것이 내가 할 수 있는 최선의 길이었다. 이는 교과서에나 나오는 얘기가 아니다. 입원 환자가 1,000명이 넘는 재활병원에서 '재활의지가 가장 강한 사람'이라는 소리를 들은 덕분에 내 몸은 빠르게 회복되어 다시 일어설 수 있었다.

누구든 어려움과 시련이 없는 인생을 살기는 어렵다. 살다 보면 몇 번씩은 크고 작은 어려움을 대면하게 된다. 그럴 때면 아모르 파티. 자기 자신의 힘을 믿으면서 다시 일어서기로 스스로에게 약속할 일이다. 내가 나를 믿지 않으면 누가 나를 믿겠는가.

물론 결과는 좋을 수도 있고 나쁠 수도 있다. 다만 최선을 다한 것이 중요하다. 최선을 다했다면 그 결과를 나의 것으로 담담하게 받아들일 일이다. 행복도 시련도, 성공도 실패도 모두 나의 것이니, 피할 일이 아니라 당당하게 대면할 것들이다.

절박한 사람만이
원하던 삶을 살게 된다

내 나이가 어느덧 60대 중반이다. 인생은 긴 것도 같은데 결국은 짧더라. 그런데 아직 하루하루 분주하게 일하거나 일을 위한 준비를 하고 있다.

나이가 들었어도
늘 바쁘다

아침 일찍부터 원고를 쓰거나 좋은 글을 쓰기 위한 준비와 공부를 한다. 일이 적거나 시간의 여유가 생길 때는 내가 좋아하는, 보고 듣고 싶은 것들을 찾아간다. 평일, 휴일을 불문한 나의 루틴한 생활이다. 그러니 늘 바쁘다. 소파에 누워 TV 리모컨을 만지작거릴 시간이 없다. 나름 자신이 하는 일, 자기가 살고 싶은 삶을 꾸려가는데 늘 시간이 모자라곤 한다.

그런데 나이가 들었는데도 갈수록 하고 싶은 일들이 많아진다. 나야 건강이 어떻게 될지 모르니 장담할 수 없지만, 수명이 크게 늘어난 시대를 살고 있다. 1~2백억 대 쌓아놓고 있는 자산가가 아닌 한, 나이 들어서도 가능한 오래 소득 활동을 하지 않고서는 자신이 원하는 것들을 지속적으로 즐기는 생활을 유지하기가 어렵다. 그러니 나이 들어서도 일할 생각을 해야 한다.

끝난 줄 알았는데
다시 시작할 수 있었다

사실 나도 이 나이까지 분주하게 일을 하리라고는 예상하지 못했었다. 돌아보면 활동이 중단되었던 여러 차례의 고비가 있었다. 중년 시절에는 주로 정치적 이유로 퇴출당하면서 일이 끊어지는 상황들에 여러 차례 직면하곤 했다. 정권마다 자기들한테 불편한 소리 하는 사람을 싫어했다.

진짜 결정적인 것은 5년 전 투병의 터널 속으로 들어갔을 때였다. 뇌종양 수술을 해서 생명은 건졌는데, 온몸이 폭탄을 맞은 것 같은 상상하지 못했던 후유증에 시달렸다. 모든 일들을 다 내려놨고, 앞으로 더 이상 사회 속에서 일을 하는 것은 불가능하리라 생각했다. 완벽하게 제로로 간 시기였다. 살아난 것만도 어디인데, 이제는 다 털고 어디 조용한 마을로 내려가 그냥 고즈넉한 삶을 살아야 할 것 같다는 생각을 가졌다.

하지만 끝난 줄 알았는데 끝난 게 아니었다. 다시 시작할 수 있었다. 시간이 지나다 보니, 오히려 이전보다 더 바쁘게 일을 하는 생활을 하게 됐다. 과거 방송을 많이 하던 시절에는 방송사를 옮겨 다니는 메뚜기 같은 생활이라 바빴지만, 이제는 글을 쓰는 것을 비롯해 그것을 위한 준비와 공부, 그리고 보고 듣고 싶은 것들을 향유하느라 바빠졌기에 과거와는 질이 전혀 다르다고 할 수 있다. 아프기 전보다 건강만 제외하고는 삶의 질과 의미가 훨씬 좋아졌다는 얘기이다.

하고 싶다는 진정성이
새 길을 만드는 힘이었다

보기에 따라서는 과거 방송을 하던 사람이라 이름이 알려진 기득권이 있기에 쉽게 가능했던 것 아니냐고 할 수도 있다. 물론 정치 얘기에 관해서야 그런 면이 없지 않을 것이다. 하지만 60대 들어서 시작한 문화예술에 대한 열정적 관심과 공부, 그 결실인 글쓰기는 그런 기득권과는 아무런 인연이 없는 것이었다.

예술의 '예'자도 알지 못하던 '예알못'이었기에 나는 아무런 기반도 없이 바닥에서부터 시작했다. 가진 것이라고는 나와 어울릴 것 같다, 그러니 하고 싶다는 진정성 하나였다. 맨땅에 헤딩하는 것과 다를 바 없었지만 하고자 하는 것이, 하고 싶은 것이 분명히 있었기에 거기에 나를 걸 수 있었다. 사실 수십 년 전 방송을 시작할 때도 그랬었다. 진심으로 하고 싶은 일이 있으면 내 손으로 어떻게든 길을 만들곤 했다.

절박한 사람이 원하는
삶을 누리게 된다

그런 열정이 만들어지는데 나이는 아무런 문제가 되지 않았다. 이런 이유, 저런 이유로 쉽게 일찍 늙는 사람들을 많이

보게 된다. 내 연배는 물론이고 훨씬 아래 연배들에서도 그
러하다.

꿈은 그것을 현실로 만들어낼 의지와 구체적인 설계도와
노력 없이는 이루어지지 않는다. 그 길에서 목표를 정조준하
고 전력투구하여 끝장을 보겠다는 의지 없이는 새로운 길을
내는 것은 불가능하다.

나이 들어서 그럴 힘이 있겠냐고? 그럼 그냥 주어지는 대
로 살 수밖에 없게 된다. 결국은 절박한 사람이 살아남아 자
기가 원하는 삶을 지속가능하게 살 수 있다.

타성에 젖는 삶의
위험함

살아오면서 변화하고 더 성장하려는 노력을 멈췄던 적은 없었던 것 같다. 프리랜서로 일했기에 나를 지켜줄 조직 같은 것은 없었다. 어떻게든 나 혼자서 시장에서 살아남아 자신의 가치를 높여야 했다.

혼자서 자극과 긴장을
유지할 수 있을까

그래서 지금 잘나가더라도 이후를 대비하여 준비하려 했다. 전성기를 벗어났거나 일이 끊겼던 시기에도 실력을 키워 재충전을 위한 시간으로 삼고자 했다. 그런데 프리랜서라 혼자서 일을 했기에 이런 자극과 긴장을 스스로 만들어내는 것이 그리 쉬운 일만은 아니었다.

그래도 천성이 부지런해서 언제나 무엇이든 하고 있지 않으면 안 되는 성미라, 그런 노력에 도움이 됐던 것 같다. 쉬는 날도 TV 리모컨을 손에 쥐고 소파에 누워 시간을 보내기보다는, 책 한 페이지라도 읽거나 밖으로 나가 좋은 풍광을 느끼며 걷기라도 하는 것이 남는 것이라고 생각했다.

꿈을 현실로 만들려면
노력이 따라야

나이가 들어서도 꿈을 갖지 않은 시절은 없었다. 50대에는 인문학 공부를 통해 내면이 강한 사람이 되려 했고, 그 뒤로 닥쳐온 투병의 시간에는 어떻게든 다시 일어나 제2의 인생을 사는 꿈을 꾸었다. 생사의 고비를 넘으니 60대 나이가 됐다. 죽을 뻔했다가 살아났으니 남은 삶에서 하고 싶은 것들에 대한 꿈들이 엄청나게 많아졌다.

그 꿈들을 일장춘몽이 아니라 현실로 만들어 가기 위해서는 그만한 노력이 필요했다. 변화하여 더 성숙한 내면을 가진 인간으로 성장하고 싶었다. 그래서 공부하고 배우고 보고 들으려고 찾아다니는 노력을 했다. 누가 시켜서 하는 일도 아니었고, 그저 혼자 꿈꾸고 혼자 실행했던 일들이다.

나의 결심이
용두사미가 되지 않으려면

우리는 살아가면서 수많은 결심을 한다. 그런데 스스로 자극을 주며 긴장하지 않으면 용두사미식으로 흐지부지되는 경우가 무척 많다. 그나마 조직에 속해서 조직이 하라는 대로 하면 되는 일인 경우는 차라리 쉬운 편이다. 애당초 조직에 속하지 않았든, 아니면 조직에서 나오게 되었든, 혼자서 자극받고 긴장하여 혼자 실행하는 것은 쉽지만은 않다.

처음에는 직장을 그만두면서 그럴듯한 개인적인 포부나 제2의 희망을 갖고 앞길을 모색한다. 그런데 세상이 나를 위해 기다리고 있는 것은 아니니 여건은 녹록지 않은 경우가 많다. 그런 여건을 견뎌내고 넘어설 투지와 인내가 있어야 자기가 원하는 일과 삶을 누릴 수 있음은 나이에 상관없이 해당하는 얘기이다.

타성에 익숙해지는 생활은
마약과 같다

그런데 사람은 시간이 갈수록 오그라드는 속성이 있다. 큰 꿈을 가졌던 사람도 눈앞의 환경이 여의치 않으면 금방 포기하고 우물 안 개구리가 되고 만다. 조직이라도 있다면 누군가가 다그치며 자극을 줄지도 모르겠지만, 혼자가 되었으니, 본인이 긴장을 풀고 나면 무장해제가 되고 만다. 내가 애당초 무엇을 꿈꾸었던가를 서서히 잊게 되고 그날그날의 생활에 익숙하게 된다. 굳이 힘든 노력을 기울일 필요 없이 그저 하루하루 지내는데 익숙해지는 것은 영혼을 망가뜨리는 마약과 같다.

지금 당장은 편할지 모르지만 나는 더 이상 성장할 기회를 잃게 된다. 변화를 멈춘 사람은 생물학적으로는 살아있지만, 영혼으로는 이미 죽은 사람이 되고 만다. 그러니 타성에 젖는 생활은 우리에게 독과도 같은 것이다. 언제나 깨어있는

영혼을 가진 사람만이 더 좋은 사람이 될 수 있고, 더 나은
삶을 가질 수 있게 된다.

템플스테이 순례라는
새로운 경험

지난해에는 사찰에서 하는 템플스테이에 여러 차례 다녀왔다. 지리산 천은사, 속리산 법주사, 순천 송광사에 갔으니, 역사 깊고 큰 사찰들에 가서 숙식을 하며 템플스테이를 한 것이다.

템플스테이를 통해
얻는 것들

나는 특별히 종교가 없고 불교 신자도 아니지만 템플스테이를 갈 때마다 참 좋다는 느낌을 얻고 돌아오곤 했다. 불교에 대해서는 별다른 지식도 없지만 템플스테이를 하는 시간을 통해 얻는 것들이 많았다.

일상에 쫓겨 자기 자신을 돌아보거나 돌볼 여유를 갖지 못했던 사람들, 어깨에 짊어진 삶의 무게가 너무 무겁게 느껴지는 사람들에게 템플스테이는 힐링과 재충전을 위한 의미 있는 시간이 될 수 있다.

경건하게 자기를
돌아보는 시간

사찰에 도착한 날 하게 되는 저녁 예불, 그리고 다음 날 새벽 시간에 하게 되는 새벽 예불은 참으로 경건한 마음이 들게 한다. 타종 혹은 법고 소리와 함께 시작되는 예불은 장엄한 느낌을 주며 스님들의 독경 소리는 경건한 음악 소리같이 들린다.

사찰 곳곳을 돌면서 설명을 듣다 보면 우리 사찰들이 오랜 세월 속에서 어떻게 지켜져왔는가를 실감하게 된다. 그리고 공양 시간에는 사찰음식이 어떻게 이렇게 맛있을 수 있는

가에 놀라게 된다.

　무엇보다 좋은 것은, 대부분의 사찰들이 풍광이 뛰어난 곳에 위치해서 주변을 걷기만 해도 더없는 힐링이 된다는 점이다. 특히 내가 다녀왔던 큰 사찰들은 사찰 내의 길을 걷다 보면 그 아름다움에 감탄사가 절로 나오는 곳들이었다.

　어렵고 힘든 사연을 갖고
　템플스테이에 오는 사람들

이런 것들은 사실 종교 이전에 인간 본성이 갈구하는 것들이라 할 수 있다. 그렇다고 템플스테이가 그저 좋은 구경하고 인증 사진 찍으러 가는 것으로 생각하면 큰 오해다.

　다녀왔던 한 사찰에서는 저녁에 '스님과의 차담' 시간이 상당히 오래 진행됐다. 템플스테이 참가자들이 한 사람씩 고민거리를 스님에게 묻고 스님이 자기의 의견을 말씀해 주셨다.

　템플스테이에 온 사람들이 각자 자신의 고민거리를 스님에게 질문하는데, 저마다 가슴 속에 큰 걱정들을 안고 템플스테이에 왔음을 알게 됐다. 암에 걸려 투병 중인데 직장에 복귀해야 할지 고민이 된다. 30세의 여성 가장인데 친구와 유럽여행을 너무 가고 싶은데 자기 처지에 그래도 되는 것인지 모르겠다. 우울증을 오래 앓고 있는데 어떻게 해야 벗어날 수 있을까.

다들 힘들고 어려운 자기의 사연을 스님께 말씀드리고 지혜를 구했다. 그러면 스님은 추상적이지 않고 대단히 현실적인 의견들을 말씀해 주시니 귀담아듣고 두고두고 생각하게 된다.

‘스님과의 차담’에서
오간 얘기들

나도 차담 시간에 자신의 딜레마에 대해 말했다. “건강이 좋지 않고 나이도 많아졌는데, 하고 싶은 일에 대한 욕심과 의욕은 넘친다. 육체는 불편한데 정신적 에너지는 치솟아서 그렇게 살지 않으면 사는 것 같지 않아 늘 바쁘다. 가족들은 몸을 혹사한다고 걱정을 하는데 어떻게 해야 옳은가.”

스님은 "뇌종양 수술을 하고 투병을 하면서 생의 유한함을 깨닫고 몸이 불편해졌으니 그 대신 갈구하는 것이 커진 것이다. 본인이 선택한 것이니 가족도 못 말린다. 본인은 다 알고 있다. 몸을 혹사시키면 오래 살지 못한다는 것을. 그래도 그런 선택을 한 것은 아무 생각 없이 그냥 한 것이 아니다. 자기 내부에 쌓였던 데이터베이스들의 결과물이다. 그래서 그렇게 살고 싶은 거다. 불나방이 불을 보고 뛰어드는데 무슨 수로 막냐. 그냥 내버려둬라. 본인이 하다가 힘들다며 손들던가, 아니면 그러다가 일찍 가든가 할 테니."

매우 현실적인 말씀으로 들렸다. 내 생각과 겹치는 부분도 많았다. 돌아와서도 스님의 말씀을 다시 생각하게 됐다.

하고 싶은 것이 있으면
망설이지만 말고 실행에 옮겨라

60대 중반에 난생처음 템플스테이라는 새로운 경험들을 쌓아가고 있다. 주변에 보니 종교적 이유와는 상관없이 템플스테이를 가고 싶어하는 사람들이 많은 것 같다. 그런데 말만 하지 막상 가지를 못한다.

처음이라 해보지 않아서 그렇다. 막상 처음 해보면 별 것 아니고, 두 번 세 번 템플스테이를 갈 수 있는데 처음이라는 생소함에 겁을 내는 사람들이 많다. 꼭 템플스테이 얘기가 아니라 인생을 살아가는 얘기이다. 첫발을 디딜 때 망설임이 있겠지만, 막상 첫걸음을 떼고 나면 그다음에는 자동적으로 걷게 되는 것이 사람이다. 자기가 원하는 것이 있으면 망설이지만 말고 실행에 옮기는 소소한 용기가 있어야 나의 삶이 내가 원하는 길로 갈 수 있다.

인생의 '꽃'이 된
가족여행

2023년 4월에 유럽으로 가족여행을 갔다. 스페인의 바르셀로나에서 시작하여 남부 안달루시아의 도시들을 돌고-리스본-마드리드-파리로 이어진 3주간의 여행이었다.

투병의 터널에서 나와 맞은
가족여행의 감격

2019년 2월 뇌종양 수술을 하고 오랜 투병과 재활의 시간을 가져야 했던 나로서는 이런 시간이 다시 올 줄 상상하지 못했었다. 그래도 PT까지 받으며 꾸준한 재활운동을 해온 덕에 몸이 많이 좋아졌고 20대인 두 딸도 부모와 함께하는 여행을 좋아해서 제법 긴 기간의 자유여행을 할 수 있었다.

우리 가족 넷은 하나같이 기대 이상의 120%의 만족감을 가진 모습들이었다. 좋은 여행지 자체가 주는 감흥도 컸지만, 무엇보다 4명의 가족이 어느덧 성장하고 달라져서 의기투합하며 함께 했던 인생 여행이 될 수 있었기에 그랬다.

가족들이 의기투합하는 여행

여행을 떠나기 전에 가족 넷이서 약속을 했다. "여행 가면 힘들고 피곤해서 신경이 날카로워질 텐데, 몸이 힘들더라도 서로 탓하지 말고 다투지 않기" 여행 중에는 예상하지 못한 돌발적 실수나 사고들이 끊임없이 생긴다.

의견이 달랐다고 해서 그것이 누구 탓인가를 들추고 비난하기 시작하면 그로부터 자유로울 사람은 없다. 가족여행에서도 서로를 이해하고 포용하는 것이 미덕이다. 그 약속을 서로가 지키니 가족의 힘을 실감하는 여행이 될 수 있었다.

보름간의 일정이 끝나고 마드리드에서 가족여행의 해단식을 가졌다. 큰딸은 집으로 돌아가서 회사에 출근해야 했고, 작은딸은 런던으로 가서 친구와 여행을 더 하기로 했다. 그래서 가족이 마드리드에서 해산하기 전날, 숙소에서 둘러앉아 새벽까지 '쫑파티'를 하며 여행에 대한 소감을 주고받았다.

여행의 주도권이 딸들에게 넘어간
인생의 순리

가족 넷 모두가 '기대 이상으로 너무도 좋았던 인생여행'이라고 입을 모았는데, 작은딸이 갑자기 울먹이다가 엉엉 우는 것이었다. 깜짝 놀라서 이유를 물어보았다. 어렸을 때는 자기들이 어디 가면 엄마 아빠가 모든 것을 다 챙겨주고 돌보아주었는데, 이번에 여행을 다녀보니 이제는 자기들이 '엄빠'를 챙겨줘야 할 일들이 많아졌다는 것이다. 그 상황이 너무도 슬퍼서 우는 것이라고.

실제로 여행을 떠나기 전 항공권과 숙소 예약을 할 때만 해도 '자금의 출처'가 가족 내 권력의 소재를 결정지었다. 그런데 막상 여행길에 들어서고 나니 '구글 검색 능력'이 권력 관계를 좌우했다. 길을 찾고 맛집을 찾는 검색 능력에 있어서 부모는 20대의 딸들을 따라갈 수가 없었다.

여행 떠나기 전부터 구글 검색과 친해지려 했던 장년의 부모도 열심히 검색을 하지만 딸들의 속도를 당해낼 수가 없다. 시간을 아껴가며 이동해야 하는 낯선 여행길에서 지체하지 않으려면 딸들의 말을 듣는 것이 최선이었다. 여행의 주도권은 하루 만에 그렇게 딸들에게 넘어갔다.

아, 부모-자식들의 관계가 변곡점을 맞고 있구나 싶었다. 딸들이 먼저 그것을 알아채고 있었던 것이다. 하지만 그것이 인생의 순리인데 어떻게 하겠는가. 딸들이 이렇게 성장해서 여행길에서 부모 앞에 서게 되었으니, 오히려 흐뭇하고 다행스러운 일이라고 생각했다.

화목한 가족여행, 인생의 정점이 아닐까

그 여행은 가족 넷이서 서로 한 번도 마음 상하거나 다투는 일 없이 의기투합하는 인생여행이 되었다. 그래서 돌아와서는 2년 후에 다시 한번 가족여행을 가자는 약속들을 했다. 딸들의 직장 사정이 어떨지, 내 건강은 어떻게 될지 알 수가 없어 그저 희망 사항이었다.

그런데 2년 만인 2025년 4월에 약속대로 다시 유럽여행을 가기로 했다. 이번에는 남부 프랑스와 이탈리아의 토스카나 일대를 도는 25일간의 여행이다. 앞으로는 그렇게 긴 여행의 시간을 서로 맞추기가 어려울 테니 2년 전 여행이 마지막 가족여행이 될 것이라 생각했는데, 가족들의 바람이 모이니 가능해졌다.

가족들이 이렇게 화목하게 힘을 합쳐 좋은 여행지를 함께 다니니 인생에 더 바랄 것이 뭐가 있을까 싶다. 어쩌면 이런 것이 인생의 정점이며 '꽃'이 아닐까 하는 생각이 든다.

마음 먹으면 실행하는 사람이
발전한다

나는 성격이 좀 급한 편이다. 일단 해야겠다고 마음먹으면 실행에 옮기는데 굳이 많은 시간을 필요로 하지 않는다. 물론 중요한 판단과 결정을 해야 하는 경우 신중하게 충분한 검토를 한다. 하지만 일단 판단이 내려지면 지체하지 않고 행동으로 옮기는 편이다.

인생의 고비마다
직진하는 실행력

돌아보면 인생의 중요한 고비마다 그랬던 것 같다. 방송을 하고 싶어서 방송을 해야겠다고 결심했을 때 먼저 박사학위 논문을 쓰기 위해 곧바로 근무하던 곳에 사표를 내고 돌아 갈 다리를 끊어버렸다. 문화예술에 관심을 갖기 시작했을 때 도 이것저것 따지지 않고 일단은 폭주하듯이 많은 공연을 보 러 다녔다.

나이 60이 넘어 생전 처음으로 마라톤대회에 나갔던 일, 병원에서 나와 제주에서 한달살기를 했던 일, 전국 사찰을 돌며 템플스테이를 하고 있는 일… 모두 하고 싶다고 마음먹 으면 곧바로 준비에 들어가는 실행력을 갖곤 했다.

한번 '필' 받으면 거기에 꽂혀서 끝장을 보는 스타일이다. 때로는 지나칠 때도 있지만, 그래서 얻은 것들이 많은 편이 다. 새로운 경험들을 그냥 한번 해보는 것이 아니라 확실하 게 자신의 것으로 만든 경우가 많기 때문이다.

버킷 리스트에 올린 것들,
막상 대단한 일들 아니다

누구나 살면서 인생의 버킷 리스트들을 담아놓곤 한다. 언젠

가는 해봐야지, 하는 크고 작은 소망과 목표들이 많다. 그런데 큰돈이 들거나 직장을 그만둬야 할 수 있는 것이 아닌 경우에도 막상 실행에 옮기지 못하고 차일피일 시간만 보내는 경우가 많다.

왜 그럴까. 한 번도 해보지 않은 일이라서 그렇다. 막상 해보면 별것 아닌데, 괜히 조심스럽기도 하고 내가 할 수 있을까 하는 생각도 든다. 그렇게 좌고우면만 하면서 시간을 보내게 된다.

하지만 모든 일에는 때가 있는 법이다. 시간이 흐르고 나면 나중에는 하고 싶어도 할 수 없는 것들도 많다. 내 인생의 버킷 리스트에 담아놓은 것들이 있다면 지금부터 하나씩 가능한 것들은 실행에 옮기는 것이 낫다.

처음이 어렵지,
해보면 별 것 아니다

마음속에만 품고 있었지, 행동으로 옮기지 못했던 것 가운데는 막상 해보면 별것 아닌 것들이 많다. 한강변을 걸어가다가 러닝을 하는 크루들을 보면 그렇게도 멋있어 보인다. 그래서 나도 달리기를 할 수 있을까를 떠올린다.

어려울 것이 없다. 러닝화를 신고 운동복을 입고 동네 근처에서 달리기 좋은 길을 찾아 그냥 달리면 된다. 물론 달리는 자세며 장비며 필요한 것들은 이것저것 있다. 하지만 차차하면서 채워가면 되는 일. 일단은 달리기를 시작해 보는 것이 중요하다. 시작이 절반이다.

내가 임영웅에 관한 글을 쓸 때도 그랬다. 글을 쓰려면 일단 공연을 봐야 한다. 그런데 이미 표는 다 매진이 된 상태였다. 예매 사이트를 새벽 시간에 며칠 동안 들락거리다가 결국 '취켓팅'하는 데 성공했다.

그런데 대구 공연이다. 곧바로 대구 가는 KTX를 예매해서 다음날 저녁 임영웅 공연을 관람할 수가 있었다. 공연 하나 보자고 그 고생을 해서 예매를 하고, 혼자서 서울에서 대구까지 다녀온다는 것이 엄두가 안 날지도 모른다.

그런데 임영웅에 관한 글을 쓰려면 만사 제쳐놓고 그렇게 해야 한다. 여건이 어떻든 간에 어떻게든 공연을 보는 것이 중요하니까 그것이 우선인 것이다. 때로는 햄릿형 인간이 아니라 돈키호테형 인간이 자기 삶의 성취도를 높일 수 있다.

밤에 생각한 일,
아침에 눈뜨면 시작하자

혼자서든 조직에서든 일을 할 때도 마찬가지이다. 오늘 할 일을 내일로 미룬다고 해서 달라질 것은 없다. 되는 일인지 안 되는 일인지, 공연히 시간만 끌 것이 아니라 빨리 해보고서 판단과 결론을 내리는 것이 낫다.

나는 밤시간에 이런저런 구상을 많이 하는 편이다. 그러다 보면 잠자리에서도 해야겠다고 마음먹는 일들이 생기곤 한다. 그런 경우 아침에 눈을 뜨면 곧바로 실행을 위한 준비에 들어가곤 한다. 그래서 생각과 실행 사이의 간격이 그리 멀지 않다.

결정을 내릴 때까지는 신중하되, 일단 결심이 섰으면 뒤를 돌아보지 말고 행동으로 들어가는 것. 그런 태도가 힘이 될 때가 많다.

감정의 널뛰기 없는
평온한 마음을 위해

우리의 인생은 희로애락의 시간이 순환하면서 전개된다. 좋은 감정과 나쁜 감정 가운데 어느 하나만 갖고 사는 사람은 없다. 그러니 긴 세월을 살아가면서 내 마음이 일희일비하거나 널뛰기하지 않도록 스스로 조절하고 관리하는 것은 중요한 일이다.

우울한 감정에서
벗어나기 위한 노력들

누구나 살다 보면 예상하지도 원하지도 않았던 어려움이나 시련을 대면하게 된다. 그렇다고 해서 낙담하여 가라앉은 자기 상태를 방치하다 보면 정말 우울한 정서에 갇혀버리고 무력하게 돼버린다.

어떻게든 그런 부정적인 감정으로부터 벗어나기 위해 음악도 듣고, 좋은 길도 걷고, 운동도 하고, 새로운 꿈을 키우기도 하고…. 그러면서 자신이 우울의 늪에 빠지지 않도록 스스로를 관리할 필요가 있다. 물론 그럴 때 주변에 가족이든 친구든 응원하며 손잡아주는 사람들이 있다면 큰 힘이 되기도 한다.

너무 고양된 감정이 지속되는 것도 좋지 않다

그렇다고 정반대의 경우가 무조건 좋은 것은 아니다. 우울함도 나쁜 감정이지만 과도하게 상승하여 고양된 감정이 지속되는 것도 좋은 일은 아니다. 사람은 일시적으로 행복한 기쁨을 느낄 수는 있지만 그렇다고 거기에 계속 젖어있는 감정의 상태는 자기도취를 낳게 된다. 마치 물에 비친 자기의 모습이 너무도 아름다워 물속으로 들어가버린 나르시스처럼 말이다.

그런 상태가 낳는 위험은 자기가 할 바를 망각하고 멈춰 버린다는 데 있다. 작가는 좋은 글을 쓰기 위해, 예술가는 더 좋은 작품을 만들어내기 위해, 학자는 연구 성과를 내기 위해, 기업가나 장사하는 사람은 좋은 실적을 올리기 위해 더 준비하고 노력해야 한다. 그러나 과도하게 고양된 감정은 그것을 할 생각을 않고 지금, 이 순간에 취해 넋을 놓게 만든다. 겉으로 보면 행복해 보이지만, 막상 들여다보면 멈춰있는 경우일 위험이 크다.

극과 극을 피하고
안정적인 상태의 내가 좋다

결국 우리의 감정은 너무 꼭대기 상태로 고양되어 있는 것도, 너무 바닥으로 가라앉아 있는 것도 모두 좋지 않다. 감정의 상태에 값이라는 게 있다면 그저 중간값보다 조금 위에서 통제 가능한 범위에서 약간 오르락내리락하는 것이 지속가능하고 안정적인 자기 상태를 유지해 나가는 데 바람직하다.

이를 위해서는 현실에 발을 딛고 자기의 상태를 수시로

점검해 가는 시간들이 필요하다. 그것이 흔히 얘기하는 자기 성찰의 시간, 자기 돌봄의 시간의 진정한 의미일 것이다.

자신의 양측면을 돌아봐야
균형과 안정의 삶을 산다

자신의 긍정적인 점들을 생각을 하면 우울한 감정을 다스릴 수 있다. 긍정적인 감정으로 부정적인 감정을 눌러버리는 것이다. 그렇다고 그런 좋은 감정에만 갇혀 있으면 또한 넋을 놓고 사는 바보가 된다.

언제나 자기의 부족한 부분이 있음을 생각하고, 더 노력하면 더 좋은 일들을 할 수 있음을 생각하고 그것을 위해 정진해 나간다. 결국은 자기 삶을 대하는 데 있어서 균형적 태도가 필요하다. 어느 한쪽으로 쏠려버리지 않고 자신의 양측면을 직시하며 균형적인 사고를 하면서 살아갈 때 좀 더 안정적이고 발전적인 자기의 모습이 가능해질 수 있다.

불편한 몸에서
행복한 마음이 가능할까

내가 뇌종양 수술을 한 것이 2019년 2월이었으니, 어느덧 6년째가 되고 있다. 대단히 위험한 수술이었지만 현대의학은 나를 살려냈고 투병과 재활의 시간을 거쳐 나를 일상으로 복귀시켜 주었다.

아직도 남은
수술 후유증들

하지만 아직까지도 수술 후유증으로 인해 내 몸 이곳저곳은 불편하다. 뇌의 숨골(연수) 부위에 종양이 있었던지라 그것을 떼내기 위해 생명과 직결된 중추 자율신경들의 손상이 불가피했다. 그래서 수술하고 나서 상상하지 못했던 여러 후유증이 생겨났다. 시간이 지나면 괜찮아질 것에 대한 기대도 있었지만, 6년이 되었어도 계속되는 후유증은 자기 것으로 받아들이고 친구처럼 껴안고 살아가는 수밖에 없다.

마비되었던 혀는 거의 회복되어 일상적인 소통에는 아무런 지장이 없다. 그러나 혀가 완전하지 않아 발음이 살짝 어눌하다. 그래서 평생 해오던 방송도 수술 이후에 은퇴했다. 보톡스 시술을 두 차례나 한끝에 간신히 식도가 열려 음식을 자유롭게 먹을 수 있게 됐다. 하지만 아직도 남들보다는 음식을 삼키는 게 불편해서 식사를 하는게 조금 힘들다.

남들보다
힘들게 달려야 했던 이유

평소 크루들과 함께 달리기도 하고 마라톤대회도 나가니까 남들은 이제 다 멀쩡해졌나 보다 한다. 겉모습만 봐서는 그런 큰 수술을 했던 사람이라고는 상상이 되지 않는 듯하다.

하지만, 달리는 데도 남들보다 많이 힘들곤 하다. 수술로 몸의 근육 신경이 과도하게 긴장하여 굳어지는 증상이 생겼는데 시간이 지났어도 낫지를 않는다. 근육이완제를 비롯해서 여러 약을 처방받아 치료를 시도했지만 별 효과가 없었다. 그러니 달리기를 할 때 남들보다 힘든 상태를 견뎌내면서 완주를 하곤 한다. 특히 몸통의 근육이 조여오는 느낌에 호흡이 힘들다.

수술하고 나서 무엇보다 힘들었던 것은 피가 머리로 제때가지 못해 정신을 잃고 실신을 하는 상황이었다. 극심한 기립성 저혈압이라는 진단명이 나왔는데, 이제는 거의 회복되었지만 지금도 너무 무리를 하면 조심을 해야 하는 상황이다.

너무 무리를 하면 의식을 잃을 수 있음을 백록담을 오르다가 경험한 일이 있었다. 그리고 몸이 아직 풀리지 않은 아침 시간대에는 약간의 어지러움을 느낄 때가 있으니 조심을 해야 한다. 정상적인 생활을 영위하는 것만도 다행이지만, 그래도 여전히 조심하면서 항상 몸의 컨디션을 조절해야 하는 불완전한 상태이다.

종양만 세 개째,
앞날을 알 수 없는 상황

단지 6년 전 수술의 후유증만이 문제가 아니라, 그 이후 내 몸에서 새로운 다른 종양이 두 개나 발견됐다. 뇌에서는 뇌수막종이, 장기에서는 췌장에서 종양이 발견됐다. 그래도 악성 종양은 아니라서 당장 어떻게 되는 것은 아니라고 한다. 계속 검사를 통해 추적 관찰을 하면서 상태를 지켜보고 있는 중이다.

그러니 앞으로 내 삶이, 운명이 어떻게 될지 나는 알 수가 없다. 그런데도 내 마음은 지극히 평온하고 평화롭기만 하다. 물론 나도 알지 못하는 심연의 한구석에는 어떤 슬픔 같은 것이 숨어있을지도 모른다. 하지만 내가 의식하는 범위에서는 나는 행복감을 느끼며 살아가고 있다.

어느덧 내 나이도 60대 중반에 들어섰다. 그런데 이 나이에 글쓰기라는 내가 하고 싶은 일을 인생의 어느 시절보다도 활발하게 하면서 살고 있다. 60대가 되어서야 늦깎이로 문화예술의 세계에 눈을 떴다. 그리하여 문화예술 글쓰기라는 새로운 길을 내었으니, 그 또한 나 자신의 변화와 성장인 것만 같아 기쁜 마음이다.

인간은 생각보다 강하다

내가 이런 과정을 겪으면서 깨달은 것은 두가지이다. 첫째, 아무리 힘든 상황에 처했어도 견뎌내고 다시 일어서면 인생의 새로운 길을 낼 수 있는 것이 인간의 힘이라는 점이다. 자기 자신을 운명 앞에 쉽게 무릎 꿇는 나약한 존재로 예단할 필요가 없다. 인간은 생각보다 강하다.

그리도 또 하나는, 나이가 들어서도 자신의 변화와 발전을 접어서는 안 된다는 점이다. 자신을 더욱 좋은 사람으로 성장시켜 가는 것은 나이를 불문한 숙제다. 그런 노력을 포기하는 순간 인간은 멈추게 되는 것이고, 자기 존재의 의미를 찾기 어렵게 된다.

그래서 몸은 여전히 불편하지만, 그에 지배당하지 않고 행복할 수 있는 영혼을 지킨 내 자신에게 격려를 보내고 싶다. 몸은 불편한데 정신은 행복을 느끼는 불일치가 묘하게 생각 들 때도 있다. 하지만 그것을 가능하게 해주는 것이 인간이 가진 정신의 힘일 것이다. 그 점에서 나의 내면은 결코 굴하지 않았고 병마가 아닌 자신과의 싸움에서 승자로서 살아가고 있는 셈이다. 그런 내 모습이 기쁘다.

덕업일치는
어떻게 가능한가

'덕업일치'라는 말이 있다. 덕질과 직업이 일치한다는 뜻으로, 자기가 열성적으로 좋아하는 분야의 일을 하는 것을 의미한다. 좋아하는 일이든 싫어하는 일이든 가리지 않고 먹고 살기 위해서 무엇이든 일해야 하는 시대에 이 얼마나 복받은 일이겠는가. 그래서 사실은 나의 덕업일치를 부러워하는 사람들이 많다.

방송생활의 꿈을 이룬
덕업일치

돌아보면 내 인생의 상당히 오랜 세월 동안 덕업이 일치하는 삶을 살아왔다. 인생에서 가장 오랜 기간 동안 일을 했던 방송생활이 그러했다. 내가 방송으로 먹고사는 전업적인 방송인이 되기를 너무도 원했는데, 그 꿈이 이루어지면서 열린 길이었다. 그래서 20년이 넘도록 방송 일을 원도 한도 없이 정말 많이 했다.

물론 그 과정이 순탄하기만 한 것은 아니었다. 앞에서 밝힌 것처럼 정권이 바뀔 때마다 '너는 어느 편이냐'라는 질문을 받아야 했고, 이편도 저편도 아닌 경계인으로 낙인찍혀 배제되곤 했다. 그래도 나는 내가 하는 방송 일을 너무도 사랑하며 천직으로 여겼다. 내 자리를 지켰다.

글쓰기를 좋아하는데,
작가가 직업이 되었다

투병의 시간을 거치고 다시 일을 하게 된 지금도 그런 덕업 일치의 복을 누리고 있는 셈이다. 나는 원래 글쓰기를 좋아한다. 자기의 생각을 잘 정리해서 글로 표현하고 사람들이 읽도록 하는 일을 무척 보람있게 생각한다. 투병 이후로 방송은 그만두게 되었지만, 글 쓰는 일은 오히려 내 인생에서 가장 많이 하고 있는 시기를 맞고 있다.

　현재 9곳의 언론매체에 고정 칼럼니스트가 되어 칼럼을 연재하고 있다. 그리고 투병 이후로 해마다 책 한 권은 내고 있다. 이렇게 많은 글을 쓰면서도 지겹지를 않으니 내가 글쓰기를 좋아하는 것은 분명하다.

문화예술 칼럼 쓰기의
즐거움

특히 몇 년 전부터 문화예술 칼럼을 쓰고 있는 것은 내게는 참으로 의미 있는 덕업일치이다. 뒤늦게 문화예술의 세계에 빠져들었는데, 그 좋은 작품들을 보고 들은 감흥을 혼자서만 갖고 지나가기에는 너무 아까웠다. 그런데 마침 나더러 문화예술 칼럼을 써달라는 요청이 들어와서 그런 바람이 이루어졌으니 참 운이 좋은 편이다. 문화예술 칼럼들을 쓰게 되니까 전보다 더 부지런히, 열심히 공연과 전시들을 보러 다니게 된다. 물론 좀 더 좋은 글을 쓰기 위해서다. 그러니 덕업일치의 시너지 효과가 나는 셈이다.

지난해에는 천은사로 템플스테이를 다녀와서 페이스북에 참 좋았던 감흥을 담은 후기를 올렸더니, 조계종 산하에 있는 한국불교문화사업단에서 연락이 왔다. 자체적으로 발행하는 〈템플스테이〉라는 계간지가 있는데 템플스테이 순례를 하면서 그 체험기를 연재해 달라는 것이었다. 그렇지 않아도 일로서가 아니라 좋아서 다니려 했던 템플스테이였다. 그런데 그 후기를 원고로 쓰는 일을 맡아 공식적인 지원을 받아가면서 템플스테이를 다니게 되었으니 이 얼마나 좋은 일인가. 그래서 좋은 사찰들에 가서 템플스테이도 하고, 원고 일도 하는 복을 누리고 있다.

이런 얘기를 하면 '당신은 유명한 사람이라서 가능한 것 아니냐'고 물을지도 모르겠다. 물론 그 점이 영향을 주었을 수는 있다. 하지만 단지 이름만 알려졌다고 될 수 있는 일들은 아니다. 내 글을 요청하는 쪽에서는 그저 이름만 갖고 원고를 부탁하지 않는다. 그 사람이 쓴 글을 보고서 평가하고 나서야 필요하니까 원고 청탁을 하는 것이다. 그러니까 이름이 알려졌든 아니든, 글의 질이 중요하다는 얘기이다.

덕업일치는 행운이 아니라
노력의 결과

지금은 페이스북이나 블로그, 브런치 등을 통해 글을 쓰는 사람들이 많고 그런 글들이 많이 읽히는 시대이다. SNS에 좋은 글을 쓰면 언론들도 결국은 다 알게 되어 필자로 모셔가려 한다. 그러니 글을 쓰는 일에 대한 기득권이 그렇게까지 중요하지는 않을 수도 있다는, 누구에게나 기회는 열려있다는 얘기가 가능하다.

무엇보다 중요한 것은, 덕업일치가 겉보기에는 참 행운 같아 보이지만, 그 과정에는 다른 사람들이 볼 수 없었던 엄청난 노력이 따랐다는 사실이다. 자신만의 좋은 콘텐츠를 만들기 위해 많은 곳을 보고 들으며 공부하면서 글을 쓰는 인고의 시간 위에서 생겨난 일들이었다. 그러니 덕업일치는 어느 날 갑자기 나타난 행운이 아니다. 평소에 자신이 노력했던 만큼의 결과가 결국 나타나는 것이다. 따라서 덕업일치를 부러워만 할 것이 아니라, 내 자신이 덕업일치의 주인공이 될 수 있는 길을 위해 노력하고 또 노력할 일이다.

AI가 알려준
내 인생의 새로운 깨달음

요즘 인공지능^{AI} 시대라고 말들 한다. 여러 AI 가운데서 퍼플렉시티^{Perplexity} 앱의 능력이 괜찮다고 들었다. 그래서 재미 삼아 내 자신에 대해 질문을 넣어봤다. "유창선 박사의 인간성이 궁금하다"고 입력을 해보았다.

AI에게
나에 대해 물어봤다

그랬더니 다음과 같은 답변이 5초 만에 올라왔다. 자찬이 될까 봐, 좀 민망한 내용도 있지만 여기에 인용해 본다.

"유창선 박사는 정치평론가로서의 경력과 개인적인 경험을 통해 깊이 있는 인간성을 보여주고 있습니다.

○ 정치평론가로서의 삶

유창선 박사는 오랫동안 정치평론가로 활동하면서 합리적이고 균형 잡힌 시각을 유지하려 노력했습니다. 그는 진영에 갇히지 않고 시시비비를 가리려 했으며, 인기나 출세를 위해 대세에 영합하지 않았습니다. 이는 그의 소신과 원칙을 지키려는 성격을 보여줍니다.

인생에 대해 새롭게 깨달은 것들

○ 개인적 경험을 통한 성장

유창선 박사는 59세에 뇌종양 수술을 받고 8개월간의 투병 생활을 겪으면서 인생의 전환점을 맞이했습니다. 이 경험을 통해 그는 다음과 같은 깨달음을 얻었습니다:

- 가족의 소중함을 재발견했습니다.
- 일상의 작은 것들에 대한 감사함을 느끼게 되었습니다.
- 자신의 행복을 중요하게 여기게 되었습니다.

겸손과 자기 성찰의 삶

○ 인간에 대한 사랑과 연대

유창선 박사는 정치나 이념보다 인간에 대한 사랑이 우선되어야 한다고 믿습니다. 그는 타인과의 관계 속에서 자아를 만들어가는 것의 중요성을 강조하며, 세상 사람들과 아름다운 연대를 하는 것이 삶의 완성이라고 생각합니다.

○ 겸손과 자기성찰

그는 자신의 과거를 돌아보며 부끄러움을 느끼고, 이를 통해 성장하려는 모습을 보입니다. 이는 그의 겸손함과 지속적인 자기성찰의 태도를 보여줍니다.

유창선 박사의 이러한 면모들은 그가 깊이 있는 사고와 따뜻한 마음을 가진 인물임을 보여줍니다. 그의 경험과 철학은 많은 이들에게 삶의 지혜와 통찰을 제공하고 있습니다."

두 번째 삶, 잘 살고 있나

다소 민망한 내용이라는 생각을 하면서도 이 책의 마지막에 내가 하고 싶은 얘기들을 AI가 너무도 잘 요약했다는 생각이 들어서 인용했다. AI가 나를 칭찬해 준 내용은 빼고서 투병 생활 이후 얻은 깨달음을 어쩌면 이렇게 잘 압축해서 정리했을까 놀랐다.

가족의 소중함에 대한 재발견, 일상의 작은 것들에 대한 감사함, 자신의 행복을 중요하게 여기게 된 것. 이 모두가 실제로 투병의 터널을 거치면서 깨닫게 된 생각들이었다. 생각이 이렇게 바뀌니 인생의 전환점이 되었던 것이고, 내 삶은 수술 이전과 이후로 나뉘어지게 됐다.

일부러 투병의 고통을 원할 사람은 없지만, 잃는 것이 있으면 얻는 것도 있다는 말은 사실이었다. 어느 날 갑자기 나를 덮쳐온 병마는 나에게서 많은 것들을 빼앗아 갔다. 그러나 그 과정을 거치면서 나는 다시 살게 된 두 번째 삶을 어떻게 살아갈 것인가에 대한 소중한 생각의 변화를 얻게 되었다. 그 생각의 변화를 실제 삶으로 잘 이행하면서 살아가고 있는지, 책을 마치면서 스스로에게 묻는다.

넘어지면
다시 일어나면 된다

초판 1쇄 인쇄 2026년 3월 5일
초판 1쇄 발행 2026년 3월 10일

지은이 유창선
발행인 전익균

이사 정정오, 윤종옥, 김기충
기획 조양제, 김영진
편집 김혜선, 전민서, 백서연
디자인 페이지제로
관리 이지현, 김영진
마케팅 (주)새빛컴즈
유통 새빛북스

펴낸곳 도서출판 새빛
전화 (02) 2203-1996, (031) 427-4399 **팩스** (050) 4328-4393
출판문의 및 원고투고 이메일 svcoms@naver.com
등록번호 제215-92-61832호 **등록일자** 2010. 7. 12

가격 19,000원
ISBN 979-11-94885-31-3 03810

* 도서출판 새빛은 (주)새빛컴즈, 새빛에듀넷, 새빛북스, 에이원북스, 북클래스 브랜드를 운영하고 있습니다.
* 파본은 구입처에서 교환해 드리며, 관련 법령에 따라 환불해 드립니다.
  다만, 제품 훼손 시에는 환불이 불가능합니다.